O TRIO VIKEN

PROGRAMA INTERESTELAR DE NOIVAS ®:
LIVRO 8

GRACE GOODWIN

O Trio Viken

Copyright © 2021 Grace Goodwin

Publicado por Grace Goodwin pela KSA Publishing Consultants, Inc.

Capa: KSA Publishing Consultants, Inc.
Créditos das imagens/fotografias: Deposit Photos: magann; Period Images

Todos os direitos reservados. Nenhuma parte deste livro pode ser reproduzida de qualquer forma ou por qualquer meio eletrônico ou mecânico, incluindo sistemas de armazenamento e recuperação de informações - exceto no caso de trechos breves ou citações incorporadas em revisão ou escritos críticos, sem a permissão expressa do autor e editora. Os personagens e eventos deste livro são fictícios ou são usados de forma fictícia. Qualquer semelhança com pessoas reais, vivas ou mortas, é pura coincidência e não pretendida pelo autor.

Aviso sobre a tradução: algumas expressões e piadas são quase impossíveis de serem traduzidas ipsis litteris para o Português. Portanto, a tradução foi feita para manter a expressão/sentença o mais próximo possível do idioma original.

Esta é uma obra de ficção, com o intuito apenas de entreter o leitor. Falas, ações e pensamentos de alguns personagens não condizem com os pensamentos da autora e/ou editor. O livro contém descrições eróticas explícitas, cenas gráficas de violência física, verbal e linguajar indevido. Indicado para maiores de 18 anos.

1

Sophia

Suas mãos eram tão habilidosas, me acariciando. Eu estava em uma cama macia, um homem ao meu lado. Sentia cada centímetro duro dele pressionando ao meu lado conforme ele ia me conhecendo com o toque suave das pontas dos dedos. Eles corriam habilmente sobre minha carne nua, fazendo-me tremer, fazendo-me ofegar, deixando-me ansiosa por mais. Mas a mão dele não parava.

Meus olhos estavam fechados e eu apenas me deleitava com a sensação dele, e quando queria mais, ele começou a me tocar com a outra mão. Uma no meu seio, a outra deslizando sobre os pelos entre as minhas coxas.

— Abra-se para mim.

Não hesitei em cumprir sua ordem rouca, separando minhas pernas ansiosamente. Os dedos deslizaram sobre minhas dobras molhadas e provocaram o botão ansioso.

O som que escapou dos meus lábios era parte gemido, parte ofego. Minha excitação, que já estava aguçada, voltou à vida como o acender de palha seca. E quando um dedo deslizou para dentro de mim, arqueei as costas e gritei.

— Sim!

— Você gosta de ser preenchida, não? — Ele perguntou.

Assenti contra o travesseiro macio.

— Você quer meu pau?

Eu queria? Queria que o único dedo que se curvava e acariciava profundamente dentro de mim fosse substituído por seu pau?

— Sim — Respirei.

Ele pegou minha mão na dele e a levou ao seu comprimento duro. Envolvi meus dedos em torno dele, mas meu aperto não fechava todo. Enquanto deslizava para cima e para baixo no comprimento aveludado, senti a umidade penetrar na minha pele. O contato estava quente, quase queimando, e soltei meus dedos.

— Não tenha medo. — Sua mão veio sobre a minha quando ele começou a excitar-se, mostrando-me como ele gostava, não me permitindo largar.

— Meu sêmen. Você sente isso, o poder disso penetrando em sua pele?

Minha palma estava escorregadia com sua essência. Estava tão quente, quase queimando, mas me sentia bem. Bem demais. Estava pronta para gozar e ele mal tinha me tocado.

— Você é minha agora. Seu corpo sabe disso, reconhece meu sêmen. Quer isso. Precisa disso.

— Sim — Repeti. Não poderia negar a ele. Embora parecesse estranho que eu reagisse de maneira tão visceral para entrar em contato com o pré-sêmen, não questionaria aquilo. Ele estava me fazendo sentir muito bem.

— Ela está pronta para nós. — Uma segunda voz masculina falou.

Virei a cabeça, abri os olhos, mas estava escuro demais para distinguir algo além de silhuetas. Dois homens pairavam sobre mim, e quando senti outra mão no meu corpo, sabia que os dois estavam me tocando.

Queria me mover, para questionar por que dois homens estavam na cama comigo quando o segundo homem pegou minha mão na dele e a direcionou diretamente para seu pau. Uma vez que eu também o segurei com firmeza, ele soltou minha mão e começou a me tocar.

Dois paus! Tão grandes e grossos, quente e duros. Senti o calor do pré-sêmen do segundo homem em meus dedos, penetrando na minha pele. Ofeguei quando meu corpo inteiro esquentou, meu sangue ficando pegajoso, minha pele ficando escorregadia do suor.

— Nós dois vamos te foder. — A voz do segundo homem era mais profunda, mais lenta.

— E quanto a mim? — Não, este não foi o primeiro homem, nem mesmo o segundo. Era outro homem. Um terceiro!

Três? Lutei para respirar, completamente sobrecarregada. Não poderia liberar seus paus se tentasse, a necessidade de sentir o pré-sêmen era intensa demais para resistir. Era como uma droga, fazendo-me sentir frenética e desesperada. Eu me contorci sob suas mãos e gritei quando o dedo que deslizava dentro e fora da minha boceta, imitando como eu queria desesperadamente ser fodida, me afastando.

Senti as mãos nas minhas coxas empurrando-as para longe, senti a grande cabeça de um pau deslizando sobre minhas dobras. Era do terceiro homem, porque eu ainda acariciava os outros.

— Três de nós, parceira. — O terceiro homem não demorou, mas afundou-se lentamente em mim, me abrindo e me enchendo. Mais profundo, ele foi até que eu senti suas bolas cutucarem meu traseiro, senti seus quadris pressionarem os meus.

Gemi, nunca tinha recebido um pau como o dele antes. Ele permaneceu imóvel, incorporado profundamente dentro de mim.

— Eu preciso... por favor... mexa-se! — Gritei.

— Nossa parceira é uma coisinha mandona. Mesmo estando preenchida com o meu pau, ela dá ordens.

O homem estava falando com os outros dois, não comigo.

— Vamos fodê-la como você precisa — Respondeu ele.

— Eu *preciso* que você se mova.

Uma risada suave veio dele. Eu podia sentir aquilo em seu corpo, onde ele se conectou ao meu.

— O poder do sêmen de três homens é intenso. — Era a voz do primeiro homem. Era a única maneira de diferenciá-los no escuro. Eu me sentia como se estivesse em um filme pornô, pois, tinha paus impossivelmente grandes em minhas mãos e outro profundamente dentro de mim. E queria aquilo. Implorava por aquilo mesmo.

O terceiro homem puxou seu pau para trás, apenas a cabeça dentro de mim, antes de mergulhar fundo. Inclinei minha cabeça para trás e gritei quando ele começou a se mover.

— Nós não vamos durar, parceira. Nenhum de nós

irá. Nós lhe daremos nosso sêmen, garantiremos que você nos anseie. Precise de nós. Precise de nossos paus tanto quanto precisamos de você.

Não pude fazer nada além de excitar os dois paus em minhas mãos enquanto aquele que estava me fodendo me prendia na cama.

— Eu vou gozar. — Foi o rosnado profundo do segundo homem. Eu podia senti-lo engrossar na palma da mão, pouco antes de sentir pingos quentes de sêmen caírem na minha barriga e seios.

Talvez tenha sido o conhecimento de que eu o acariciei tão bem que ele não conseguiu se segurar. Talvez fosse o fato de que eu tinha um homem me fodendo e um segundo me invadindo, mas eu gozei também. Com força. Gritei quando cedi ao prazer daquilo tudo. Mal ouvi o rosnado do primeiro homem, mas senti seu sêmen revestir meu corpo. Quando a sensação cintilante do orgasmo começou a diminuir, suas mãos se moveram sobre o meu corpo, espalhando seu sêmen. Deveria ter parecido estranho, ser revestida da essência pegajosa, mas aqueceu minha carne onde quer que ela tocasse. Meus mamilos intumesceram e apertei o pau que me fodeu com abandono selvagem.

— Ela é tão apertada que não consigo me segurar.

Seu corpo enrijeceu acima de mim quando ele gritou, seu sêmen bombeando em mim. Nunca imaginei que podia sentir a liberação de um homem dentro de mim, mas a dele era quente e abundante, cobrindo minhas paredes, deslizando ao redor de seu pau grosso. Gozei novamente, a necessidade era grande demais.

— Uma menina tão boa. Você é nossa. Você pertence a todos nós. Nosso sêmen está em você. Por toda você.

Não há retorno. Você sempre nos desejará, como nós a você.

— Sim. Novamente. Mais, por favor. — Esqueci que ainda segurava seus paus, ambos permanecendo grossos e duros como se eles não tivessem acabado de gozar. Eles se mexeram, seus paus escorregando dos meus dedos.

O homem entre as minhas pernas saiu.

— Mais — Implorei.

Senti-os se mexendo na cama, movendo-se para que um homem diferente estivesse entre minhas coxas. Fui virada de bruços, a mão na minha cintura me puxando de volta para o pau do próximo homem.

— Sim, mais — Disse a voz profunda. — Sempre.

Eu choraminguei quando ele me preencheu, desmoronando quando meu corpo se convulsionou em outro orgasmo, minha boceta ondulando sobre seu pau.

— Srtª Antonelli!

A voz de uma mulher. Confusa, me apeguei ao prazer enquanto os tremores secundários do orgasmo me faziam tremer e gemer. E aquele pau enorme me fodia, me enchia, estava com força implacável.

Deus, queria mais, mas as sensações desapareciam, não importando como eu me agarrasse a elas.

— Srtª Antonelli, você está bem?

Meus olhos se abriram e vi um rosto familiar pairando sobre mim. Não era um dos homens que estava na cama comigo. Era uma mulher que reconheci muito bem. Seu rosto era bonito, mas sério, como se ela levasse o trabalho muito a sério. Guardiã Egara. A mulher que trabalhava para *eles*. As raças alienígenas que alegavam estar protegendo nosso planeta de uma horda terrível de criaturas. — Guardiã Egara?

— Você gritou. Está ferida?

— Eu... você me ouviu gritar? — Deus, gozei tanto que gritei? Quem mais me ouviu?

Ela assentiu, mas permaneceu calada.

— Desculpa. — Olhei em volta e imaginei exatamente o quão finas as paredes eram naquele lugar. A sala parecia um consultório médico, as paredes brancas e os móveis de hospital, pouco acolhedores.

Claro, ninguém ficava muito tempo aqui. As noivas e soldados eram processados em diferentes seções do prédio. Então, podia haver um esquadrão inteiro de soldados do outro lado da parede me ouvindo ter um orgasmo com algum pau alienígena. Quem me ouviu gritar? Provavelmente todos no edifício. Os efeitos pós-formigamento do orgasmo ainda pulsavam no meu corpo. Meu núcleo apertava, ansioso para o pau duro do homem me encher mais uma vez. Meus mamilos estavam intumescidos e minha pele, encharcada de suor.

Eu deveria ser compatível com o companheiro alienígena perfeito com algum programa de alta tecnologia. Mas aquilo não era exatamente um teste. Não, era mais como ser lançada em um filme adulto de transmissão ao vivo.

— Esse foi o teste, o protocolo de emparelhamento que eu li?

A Guardiã Egara uniu as sobrancelhas, um leve sorriso erguendo o lado direito da boca. — Sim.

— Que tipo de teste *foi* esse? — Perguntei.

Ela olhou para mim criticamente, como se ainda estivesse preocupada com minha saúde. Mas minha pergunta pareceu aliviar sua preocupação e o intenso vinco entre as sobrancelhas relaxou. — Intenso, não?

Aquela não era a única palavra que eu usaria. Incrível. Emocionante. Esmagador.

Assenti enquanto lambia meus lábios. Minhas mãos estavam presas na cadeira de teste e eu usava a bata de hospital mais feia de todos os tempos para enfeitar um corpo feminino. Cinza escuro com pequenas insígnias do Programa de Noiva Interestelar por todo lado, eu sentia como se estivesse em uma ala psiquiátrica, não em um serviço de encontros alienígenas.

Meu nariz escolheu esse momento para coçar e eu suspirei, resignando-me a torcer o rosto para aliviar a sensação. Não fiquei surpresa com as grossas restrições nos pulsos e tornozelos. Na verdade, já tinha me acostumado com elas, pois havia estado algemada o suficiente nos últimos meses.

Recostando-me na cadeira curva, olhei para o teto e tentei me orientar. Aquele sonho, Deus, tinha que ter sido um sonho, tinha sido a coisa mais incrível de todas. Foi o melhor sonho que tive desde que fui presa. De fato, tinha sido o único sonho. Pesadelos, por outro lado, me assombravam toda vez que ousava fechar os olhos e tentar descansar.

— Os testes terminaram? — Perguntei. Se ela precisasse fazer isso de novo, não contestaria.

Rolei minha cabeça para o lado para olhar enquanto ela passava os dedos sobre o pequeno tablet que segurava. — Sim, o teste está concluído.

— Então, fui emparelhada?

Ela olhou para cima, me deu um sorriso rápido e, depois, olhou de novo para o tablet. — Sim. Para Viken.

Viken. Ouvi falar do pequeno planeta que fazia parte da Coalizão Interestelar, mas aquilo era tudo. A Terra não estava envolvida há muito tempo e eu estava muito ocupada com procedimentos legais e sobrevivência para perder tempo lendo sobre civilizações alienígenas.

Ela caminhou até uma pequena mesa contra a parede do lado oposto da sala de testes e sentou-se. — Preciso fazer algumas perguntas adicionais para continuar seu processo. Para registro, fale seu nome.

— Sophia Antonelli.

— E o crime pelo qual você foi condenada?

— Fraude. Lavagem de dinheiro. Falsificação. Transporte ilegal de mercadorias através das fronteiras estaduais. Contrabando. — Havia mais alguns crimes menores, mas aquilo cobria a lista de lavagem. — Isso é suficiente?

— Sim, isso serve. — Os dedos da Guardiã Egara passavam pelo tablet enquanto ela continuava. — Você está atualmente ou já foi casada?

— Não. — Fui casada com o meu trabalho, não um homem. Era comerciante de arte, nada exótico. Inferno, o que poderia ser mais inofensivo do que se formar em História da Arte? Olha aonde isso me levou. Na prisão, onde a única chance de evitar longos e miseráveis anos de confinamento era ser voluntária como noiva de um alienígena.

— Você produziu filhos biológicos?

— Não. — Você tinha que fazer sexo para engravidar, e eu estava vivendo um período de secura de dois anos.

— Para constar, Srtª Antonelli, como uma mulher elegível e fértil em seu auge, você tinha duas opções disponíveis para cumprir sua sentença: vinte e cinco anos na Penitenciária Carswell, localizada em Fort Worth, Texas.

— Não, obrigada. — O uniforme laranja de prisão não era minha cor.

A Guardiã Egara sorriu pacientemente e continuou com uma voz monótona, como se estivesse lendo as palavras: — Ou o serviço voluntário no Programa de Noiva

Interestelar. Tenho o prazer de lhe dizer que o sistema obteve êxito e você será enviada para um planeta membro. Como noiva, você nunca poderá retornar à Terra, pois, todas as viagens serão determinadas e controladas pelas leis e costumes do seu novo planeta. Você renunciará à sua cidadania da Terra e se tornará uma cidadã oficial do seu novo mundo.

Eu realmente não tinha pensado nisso. Como não poderia ser uma cidadã da Terra? Aquilo não era possível?

Minha barriga se apertou quando o impacto total da minha decisão se instalou em meus ossos. Havia uma pequena fração de tempo todos os dias, na verdade, segundos, quando eu ainda tinha que acordar completamente, que esquecia o que tinha me tornado. Esquecia o que os Corellis haviam feito comigo e até onde me afundei.

— Sua sentença é de vinte e cinco anos, mas você optou por cumpri-la sob a direção do Programa de Noiva Interestelar. Você foi designada a um parceiro por protocolos de teste e será transportada para fora do planeta, para nunca mais retornar à Terra. Você entende o que essa alternativa implica?

— Sim. — Eu não sobreviveria a um ano de prisão, muito menos a duas décadas. Fiquei presa por seis meses aguardando julgamento, e aquilo pareceu seis anos. Qualquer alternativa era melhor do que uma cela de prisão. Um homem. Três. Tanto fazia. O preço real era uma passagem só de ida para o espaço sideral. Eu seria como as noivas sobre as quais li nos livros de história, as noivas por correspondência enviadas para o Oeste Selvagem. Estava indo em uma grande aventura e esperando o melhor.

Não que eu tivesse escolha. Não tinha motivos para ficar na Terra. A família Corelli arruinou o trabalho da minha vida e minha reputação. Meus ativos comerciais foram apreendidos. Não tinha emprego, contatos ou vida. E o auge de tudo? *Tinha* cometido os crimes mesmo. Sim, os Corellis me ameaçaram, me intimidaram, mas eu ainda tinha uma escolha.

Por mais que desejasse nunca ter feito uma barganha com Vincent Corelli pelo dinheiro para pagar os caros tratamentos de câncer de minha mãe, não trocaria o tempo extra com ela por nada.

Faria tudo de novo. E daí se tivesse contrabandeado a mercadoria dele dentro dos meus embarques de arte em troca? Nunca machuquei ninguém. E quando minha mãe finalmente morreu, conclui que meu trabalho com a máfia estava terminado.

Esse não tinha sido o caso. Vincent Corelli não estava disposto a desistir de uma mula confiável. Ele ameaçou me matar na época e não insisti no assunto. Isso foi até eu ser pega com uma caixa cheia de porras de diamantes e rifles e levada para a prisão.

Vincent Corelli não me salvou e não abri a boca para os federais. Não contei a ninguém que ele estava me chantageando. Ainda tinha família do lado de fora. Os dois filhos do meu primo não tinham nem cinco anos. E sim, cresci em Nova York. Sabia como as coisas funcionavam.

Fiquei de boca calada, minha família extensa continuou suas vidas e Corelli me deixou cair.

Então, não tinha mais nada. Ninguém. Meu mundo foi destruído. Desse modo, faria um novo. Em Viken.

Brincando com o tablet um pouco mais, ela franziu a testa. — Sua pontuação não é tão alta quanto eu gostaria.

— Não é alta? O que isso significa? — Perguntei, me mexendo no assento duro. Senti como se estivesse no dentista com minhas costas nuas presas na maldita cadeira.

— Nossas pontuações costumam ter mais de noventa e cinco por cento. A sua é apenas oitenta e cinco.

Também fiz uma careta. — Isso significa que não posso ir? — Prisão? Mesmo? Tinha acabado de me empolgar com esse negócio de noiva alienígena.

Ela deslizou no tablet mais algumas vezes, depois, parou. — Interessante.

Comecei a tremer, mil borboletas dançando no meu estômago. *Não* iria voltar para o ônibus da prisão, algemada e forçada a vestir um macacão laranja horrível. Não conseguiria.

Ela olhou para mim novamente, ofereceu um sorriso brilhante. — Parece que você foi emparelhada com três guerreiros Vikens.

Engoli em seco, pensei no sonho. Três homens. Três pares de mãos. Três paus.

— Três? — Puta merda. Três? O que diabos eu deveria fazer com três homens?

Ela assentiu. — Sua pontuação está mais baixa do que o normal, porque você tem três companheiros. Acho que 85% é notável para três. — Ela inclinou a cabeça para o lado enquanto me estudava. — Você não parece surpresa. Achei que ficaria chocada.

— O sonho — Respondi. Eu não disse mais nada, pois, não ia contar como fui fodida por um homem enquanto excitava outros dois.

— Havia três homens em sua simulação? Interessante. A última mulher da Terra emparelhada com Viken também teve três homens, no entanto, eles são trigêmeos e geneticamente idênticos. Talvez você tenha experimentado o ritual de acasalamento deles.

— Você está me dizendo que aquilo foi real? — Puta merda. Eu queria experimentar aquilo de verdade. Se ia ter três homens me tocando assim, não me importava em ir a Viken. Na verdade, estava pronta.

— Sim. A experiência *foi* real, mas a experiência neural registrada por outra pessoa. Um casal diferente. Ou... hum, quarteto. De todas as simulações que passaram pelo seu cérebro como parte dos testes, esta foi a sua pontuação.

Meus mamilos intumesceram com a lembrança. Sim, aquilo mostrava definitivamente uma combinação.

— Há uma nota aqui. — Sua testa franziu enquanto lia. Ao terminar, ela levantou o olhar para mim. — Isso faz sentido agora. Parece que Viken instituiu um novo protocolo de acasalamento para o Programa de Noiva Interestelar. Desde que a rainha deles participou do programa, e sua luta com os trigêmeos foi tão bem-sucedida na união de seu planeta, foi decretado que outros homens Vikens dos três setores diferentes agora compartilham uma companheira também. — Ela acenou com a mão no ar. Tenho certeza de que eles explicarão tudo quando você chegar.

— É assim? — Perguntei enquanto ela se levantava. — Eu simplesmente... vou?

— Você está certa. Há uma última pergunta. Você aceita os resultados dos testes?

— Aceito.

— Sophia Antonelli, você não é mais uma cidadã da Terra, mas de Viken. Boa sorte.

A parede se abriu atrás de mim e vi um suave brilho azul pálido. Meu assento se mexeu, como se estivesse sobre rodas. Ela deu um tapinha no meu ombro enquanto eu passava pela parede e fui baixada em uma banheira de água morna. Senti-me instantaneamente acalmada, cercada por proteção, conforto.

Nem me importei com a coisa gigante em forma de agulha indo para o lado do meu crânio.

Franzindo a testa, virei-me do braço robótico e estranho para olhar para a guardiã.

— Não se preocupe, querida. Isso apenas implanta sua UNP para que você possa falar a língua deles.

Piscando, confusa, estremeci com a pequena pitada de dor atrás da orelha.

Droga. Aquilo deixaria uma marca.

A Guardiã Egara sorriu e recuou quando a parede começou a se mover. Logo, eu estaria trancada neste quartinho, nesta água azul. Eles iam me afogar?

Assustada, puxei as restrições enquanto a Guardiã continuava sorrindo.

— Seu transporte começará em três... dois... um.

A água azul chegou ao meu queixo e tudo ficou escuro.

2

*E*rik, *Planeta Viken, Complexo de Viken Unida, Centro de Transporte*

Os nervos faziam meu coração bater mais rápido do que eu desejava enquanto observava meus dois companheiros de batalha. Gunnar, com seu cabelo preto e coração mais sombrio ainda, permanecia em silêncio e imóvel como uma estátua, enquanto esperávamos que nossa companheira chegasse pelo transporte. Ele prometeu não amá-la, mas Rolf e eu não precisamos dele.

— Quanto tempo devemos esperar? — Gunnar transformado no guerreiro Viken na estação de transporte, cada linha de seu corpo gritando de irritação.

— Para alguém que não está interessado em uma companheira, você está impaciente — Retruquei. Enquanto os outros dois estavam perto da área de transporte, encostei-me na parede.

Gunnar me olhou por cima do ombro com um olhar que gritava *vai se foder*.

— Não muito tempo, senhor — Disse o atendente. —

O sinal de transporte é forte. Sua parceira deve chegar nos próximos minutos.

— Relaxe, Gunnar — Disse Rolf. Ele sempre tentava acalmar nosso amigo. — A Terra está muito longe daqui. Um longo, longo caminho.

Eles ficaram um do lado do outro. Ao lado da sombra de Gunnar, Rolf parecia um farol. Sempre sorrindo, seus cabelos loiros claros e olhos verdes brilhantes quase o faziam brilhar na luz artificial da sala de transporte. Seu sorriso fácil e charme natural nos serviram bem ao longo dos anos. As mulheres davam uma olhada em Gunnar e fugiam ou se deitavam aos pés dele como escravas aguardando as ordens de um mestre. Mas Rolf? Elas se apoiavam em todas as suas palavras, ofereciam tudo a ele. Apaixonavam-se por ele tão facilmente quanto a chuva caindo do céu. Um era luz, o outro, trevas.

As fêmeas caíam aos seus pés, mas nenhum guerreiro amava em troca. Lutei ao lado deles por uma década na guerra da Colmeia. Sangramos e matamos juntos. Conhecia esses homens melhor do que a mim mesmo, e eles não amavam.

Nem eu. Estávamos todos alquebrados. Mas quando a rainha que você jurou proteger, os líderes que você dedicou sua vida para manterem seguros, pedem que você tome uma parceira, para ajudá-los a unir os três setores, a recusa não é uma opção.

— Vocês dois viram o perfil dela? — Perguntei. Menos de uma hora atrás, as informações de nossa companheira haviam sido transmitidas para nós da Terra. Sophia. Sabíamos o nome dela e que era uma espécie de contrabandista, condenada por crimes em seu mundo natal. Mas aquilo não importava, pois não éramos homens perfeitos. Nós matamos, e coisas piores, durante as guerras, e aprendemos a viver com isso. Sophia nos prometia um novo começo, um novo capítulo em nossas vidas sombrias. O relatório afirmava que ela tinha 26 anos, jovem, mas madura. Olhei para a imagem dela, olhei nos olhos quase tão escuros quanto os de Gunnar, e meu pau ficou duro. Era impossível não a querer enquanto se olha para sua beleza terrena. Fiquei surpreso ao descobrir uma fêmea alienígena que mexeu com meu pau.

— Não há necessidade. — Gunnar cruzou os braços sobre o peito.

Anos atrás, quando nos conhecemos, ele estava vestido da cabeça aos pés de preto, como todos os guerreiros do Setor Dois. O uniforme do setor foi substituído pela camuflagem espacial da Frota de Coalizão. Anos depois, servimos e vestimos o uniforme de Viken Unida, o único bastião da paz no planeta e nossa capital. Enquanto servimos o mesmo comando, ele vestiu o preto mais uma vez, assim como eu, marrom e Rolf, verde escuro. A cor de cada uniforme representava o setor em que nascemos. Mas em cada um de nossos braços uma faixa vermelha brilhante nos transformava em irmãos. Vermelho de Viken Unida, para a nossa futura rainha, a linda bebê Allayna.

Rolf riu. — Não há necessidade? O que há de errado com você, Gunnar? Você não está curioso?

Balancei a cabeça enquanto me afastava da parede para me mover ao lado do atendente, para observar por cima do ombro dele os controles. Eu já sabia exatamente o que Gunnar diria.

— Não — Ele respondeu. — Ela é nossa companheira. A aparência dela é irrelevante.

Rolf bateu no ombro dele enquanto revirava os olhos.

— Correto. Então, se ela for coberta de verrugas e hedionda de se ver, você fecha os olhos e entra na boceta apertada dela, certo?

Gunnar levantou a sobrancelha, claramente não achando graça. — Ela vem da Terra. O planeta da Rainha Leah, que é adorável. Ela também foi emparelhada a nós três usando o programa de emparelhamento de Noivas. Não tenho dúvida de que a acharei adequada às nossas necessidades. Ela tem que ser. É para isso que serve a porra do teste.

Adequada às nossas necessidades. Certo. Precisávamos fodê-la, engravidá-la e cumprir o decreto da rainha. Isso seria bastante difícil, mas também teríamos que fazer nossa companheira feliz. Com Gunnar, um bastardo irritadiço, e nós três não muito interessados em nos envolver emocionalmente, essa seria uma tarefa muito mais difícil.

Claramente irritado, Rolf virou-se para mim. — Suponho que você não resistiu à tentação, Erik, e leu o perfil dela. Eu estava em patrulha e não pude ler. Conte-me tudo. — Ele esbarrou em Gunnar com o ombro. Se mais alguém o tratasse com tal desrespeito casual, Gunnar já o teria rasgado em pedaços. — E conte a Gunnar também. Ele está apenas fingindo não se importar.

Gunnar fez uma careta, mas não refutou a afirmação de Rolf. Olhei para o transporte vazio e pensei em nossa companheira. — O nome dela é Sophia. Seu cabelo é longo e dourado, como a casca de uma árvore Nerbu. Os olhos dela são castanhos escuros, quase tão escuros quanto os de Gunnar.

Então, parei de falar quando meu pau endureceu na minha calça. Seu corpo era pequeno, mas com bastante curvas, seus seios eram grandes o suficiente para encher minhas duas mãos. Sua bunda pequena e apertada implorava para ficar rosa brilhante por umas boas palmadas. Seus lábios eram cheios com uma cor rosa profunda que eu desejava provar.

— Erik? — Rolf se inclinou para frente, com feições alegres, esperando.

— O quê?

— Cabelos dourados e olhos escuros. O que mais? — Ele gesticulou com a mão para me fazer continuar.

Balancei minha cabeça e ajustei meu pau na calça. — Você estava com preguiça de procurar por si mesmo, só precisa esperar.

— Transporte iminente — Disse o atendente.

Gunnar deu de ombros e se virou para encarar a plataforma. Todos nós nos preparamos quando a vibração familiar começou. A sensação de zumbido percorreu minhas botas e minhas pernas enquanto a plataforma de transporte conectava, pronta para receber nossa nova noiva.

— Espero que isso não seja um grande erro. — A preocupação de Rolf era uma que eu compartilhava. Mas o teste do Programa de Noivas era praticamente infalível. Combinava não apenas gostos e aversões óbvios, mas também subconscientes. E considerando que ela também foi emparelhada com Gunnar, esperei ansiosamente nossa primeira chance de transar com ela. Gunnar pertencia a uma ordem exclusiva de guerreiros que precisavam dominar suas amantes. Se Sophia nos correspondeu, eu mal podia esperar para descobrir a reação dela à minha mão firme em seu traseiro nu ou meu pau a tomando por trás enquanto Gunnar ou Rolf reivindicavam sua boceta molhada.

— Se isso for um erro, suportaremos e honraremos os desejos de nossa rainha. — A resposta resmungada de Gunnar era típica. *Faça o que precisa ser feito.* Aquele era Gunnar. Sua filosofia o tornou impiedoso na batalha e na cama. Já havíamos compartilhado mulheres antes, muitas vezes, mas sempre era Gunnar, cujo temperamento quieto e implacável as abria, que as fazia se contorcer, implorar e gritar por liberação. Eu não tinha paciência nem desejo de possuir a alma de nenhuma mulher. Gunnar tinha uma coleção, um monte de mulheres de estimação ansiosas para responder a qualquer momento que chamasse. Ele não amava nenhuma delas, jurara afastar todas assim que reivindicássemos uma companheira. E ele as afastaria. Ele podia ser um bastardo ranzinza, mas não havia ninguém mais honrado.

Eu sinceramente esperava que nossa Sophia fosse capaz de lidar com o que Gunnar exigiria dela. Ela iria. O emparelhamento cuidaria disso.

Quanto a mim? Eu queria transar com uma mulher bonita, preenchê-la com meu sêmen e marcá-la como minha. Tendo ambos, Gunnar e Rolf, para me ajudar a proteger o que era meu – nosso – tornava nosso emparelhamento forçado mais fácil de aceitar.

Não importaria o que acontecesse, ela estaria segura. Protegida. A guerra civil se formara em Viken, e eu não aceitaria uma companheira sabendo que ela poderia ficar desprotegida, como minha mãe. O destino de minha mãe não aconteceria com outra.

— Recebendo transporte. — A voz do técnico continha emoção, antecipação. A chegada de uma noiva interestelar era sempre comemorada em Viken, pois acontecia raramente, e apenas uma vez antes da Terra. Essa tinha sido a rainha. A maioria dos nossos guerreiros se acasalara antes de voltar para casa da guerra com a Colmeia, ou escolhia uma noiva em seu setor de origem.

Dei um passo à frente quando o contorno dela tomou forma na plataforma de transporte. Deliciosas curvas envoltas em um vestido vermelho escuro. Quando a luz de transporte desapareceu, Gunnar se adiantou para inspecionar nossa noiva, mas levantei minha mão para detê-lo. Ele parou aos pés dela.

— Não. Algo está errado. — A mulher estava de costas para nós, mas seu cabelo era um ruivo forte, em vez de loiro. E diante dela, vi movimento, como se ela não estivesse sozinha.

———

Sophia

Eu achava que ser transportada fosse algo como assistir a um antigo programa de TV, *Star Trek*, onde Spock desaparecia em um lugar e reaparecia em outro. Para mim, era como ser submetida a uma cirurgia e acordar em algum lugar novo, sem memória de como eu havia chegado. A última coisa que me lembrava era de a Guardiã em contagem regressiva. Agora, eu estava sendo arrastada por um piso frio. Meu cérebro estava muito lento para reagir, não resisti.

— Que porra vamos fazer? Caralho, ela não é a rainha. Onde está o maldito bebê? — Um homem gritou logo acima da minha cabeça enquanto me arrastava pelos braços. Segundos depois, o aperto cruel do homem desconhecido me liberou e eu caí de volta no chão, minha cabeça batendo forte o suficiente para me fazer desejar estar ainda inconsciente. O ar era frio, mas não muito. Úmido. Cheirava a terra mexida, como se um jardim tivesse sido cultivado. Era um cheiro inesperado, mas era óbvio que eu não estava mais no centro de testes antissépticos em Miami.

O tom de pânico da voz do homem me fez pensar que algo deu errado. Abri os olhos, piscando algumas vezes, tentando recuperar o juízo depois do que parecia uma soneca muito longa.

— Obviamente, algo deu errado durante o transporte. — Havia um segundo homem. Sua voz era mais calma, mais profunda e veio da direção dos meus pés.

Algo deu errado? Obviamente, se eu estava sendo arrastada, inconsciente. Ou, pelo menos eles pensavam assim.

Concluí que estava no centro de transportes de Viken, mas não era como eu esperava. Nenhum deck espacial de *Star Trek*. As paredes estavam pintadas de cinza escuro, o teto baixo. Havia uma janela na parede oposta e, além do vidro, tudo que eu podia ver era verde. Tudo verde, como se eu estivesse no meio de uma floresta. Diretamente à minha frente havia uma plataforma alta com símbolos e botões estranhos, telas com dados fluindo através deles que eu não conseguia ler. O idioma era estranho e desconhecido. Tive que concluir que era a estação de controle alienígena para transporte. Logo depois havia uma plataforma elevada, e uma superfície brilhante vazia. Era ali que eu tinha chegado? Eles me arrastaram para fora daquela plataforma e me jogaram como lixo no chão?

Eu podia ver as pernas deles. Ambos usavam calças escuras e botas pretas. Eu tinha medo de ver mais deles, pois o foco deles não estava em mim e não queria chamar a atenção deles. Depois de lidar com os Corellis, eu sabia que às vezes era melhor ficar completamente invisível.

Certamente, esses dois brutos não eram meus companheiros. Se eram, onde estava o terceiro?

— Onde está a rainha, soldado? Onde diabos está a princesa? — O segundo homem perguntou.

— Eu não sei, senhor.

— Como assim, você não sabe? O que diabos devo contar a Vikter?

— Não havia indicação de mau funcionamento. — O homem em pânico de baixa patente parecia ser o pobre rapaz que trabalhava aqui, onde quer que estivesse. O outro, o bravo, eu não tinha ideia.

— Então, quem diabos é esta mulher?

Houve algum tipo de problema com o transporte. Parecia que eles estavam esperando outra pessoa. Onde no mundo eu estava? Não. Onde eu estava no universo? Eu realmente tinha sido transportada para Viken?

— Eu não sei, senhor. Tem certeza de que não é a rainha? Ela é claramente humana. Olhe para a pele dela. Nenhuma mulher Viken tem uma pele tão macia.

— O cabelo dela é vermelho como fogo?

— Não.

— Não é a porra da rainha, seu tolo.

— Não sei o que deu errado. Como o senhor viu, ela apenas... apenas apareceu.

— Sim, mas de onde? — Eu ouvi a raiva. Os homens deram alguns passos em minha direção e vi um braço apontar para mim. Manga longa, camisa preta, mão de homem. O resto dele estava escondido atrás da mesa. — Descubra quem ela é. Ela não é a Rainha Leah, mas talvez Vikter possa usá-la.

Não, eu não era rainha. Os homens obviamente não estavam bem. E eles me chamavam de humana. Mencionaram Viken. Claramente, eu não estava mais na Terra. O que era ruim. Mas, pelo menos, eu sabia onde estava e não era um planeta louco do qual nunca tinha ouvido falar.

— Sim, senhor.

Era óbvio quem estava no comando da dupla. — Quem estava esperando ela, rastreará seu transporte até essas coordenadas. Não posso estar aqui quando eles chegarem.

— O quê? Também não posso estar aqui! — A voz do soldado subiu uma oitava, suas palavras eram apressadas e cortadas, em pânico.

— Esse foi *seu* erro. Esta mulher, e quem quer que a procure, é *seu* problema.

O responsável apontou novamente, desta vez o punho da camisa subiu e vi uma tatuagem no interior do pulso. Parecia uma cobra de três cabeças.

— Leve-me para a estação de transporte da Cidade Central, como planejado. Ninguém vai me rastrear no meio daquela multidão.

— Mas o que devo fazer com ela? — O subalterno chegou perto da estação de controle e fechei os olhos, fingindo estar dormindo.

Seus passos estavam próximos e senti uma vibração no chão. Um zumbido profundo encheu o ar ao meu redor, fez os cabelos do meu corpo se arrrepiarem.

— Me transporte e descubra quem ela é. Se ela não é da realeza ou não merece resgate, mate-a.

Mate-a?

— E se ela valer alguma coisa?

— Mantenha-a viva. Você sabe com quem entrar em contato.

Meus olhos se abriram com isso e olhei para as pernas do subalterno quando uma luz amarela brilhante encheu a sala e, depois, se apagou. As vibrações pararam e o barulho cortou abruptamente.

O subalterno estava respirando com dificuldade e sussurrando para si mesmo, resmungando sobre a unificação, um bebê e idiotas.

Ah, Merda. Ele ia me matar? De verdade?

Uma risada histérica borbulhou em meu intestino, mas eu a segurei por pura força de vontade. Eu tinha deixado a Terra para fugir de idiotas corruptos como este e aquele que foi transportado. Em vez disso, era como se eu nunca tivesse saído. Era exatamente assim que a máfia operava em casa. Os Corellis controlavam tudo o que acontecia em Nova York, inclusive eu.

É estúpido acreditar que estaria livre de homens antiéticos e do crime organizado. Parecia que as pessoas eram pessoas em todos os lugares do universo, e mesmo a exaltada Coalizão de Planetas não conseguiu se livrar de criminosos como esses dois e para quem eles trabalhavam. Fui transportada por todo o universo e aterrissei de volta onde comecei, envolvida em algo. Algo ruim. E eu ia pagar o preço. Novamente.

Ele franziu a testa e tive que inclinar meu queixo um pouco para trás para assistir enquanto ele andava. Para um assassino, ele parecia muito nervoso com aquilo. Aquilo jogava ao meu favor. Jamais ficaria no chão esperando ele me matar.

Olhei para baixo, chocada ao ver que agora estava usando um vestido. Isso fazia parte do processo da noiva? O vestido era de mangas compridas e a bainha, quando eu me levantava, caía nos meus tornozelos. O corte era simples, mas lisonjeiro, ajustando-se confortavelmente aos meus seios pequenos e nos quadris para enfatizar o corpo de uma mulher. A cor era azul claro, mas o tecido era macio como seda e grudado em todas as curvas.

Não era exatamente uma roupa militar.

Movi meus dedos para dentro de chinelos de couro macios e desejei ter botas com biqueira de aço para chutar o saco desse cara.

Fingindo-me de morta, eu o observei debaixo dos meus cílios enquanto ele passeava, olhou para mim, desviou o olhar. Deu uma risada maníaca enquanto passava os dedos pelos cabelos escuros. Se ele era um típico Viken, então, eles se pareciam com homens na Terra. Era um pouco maior do que os homens que eu conhecia, mas não sabia se isso era coisa de Viken ou se ele era apenas grande.

— Malditos códigos de transporte idiotas. Não é a porra da rainha — Murmurou ele para si mesmo.

Com as vibrações, a luz amarela brilhante e outro homem desaparecido, tive certeza de que estava em algum tipo de centro de transporte, embora a sala parecesse velha e esquecida há muito tempo, com a tinta e luzes com defeito em intervalos estranhos ao longo das paredes cinzentas. O cômodo era pequeno. O bloco de transporte parecia grande o suficiente para acomodar três ou quatro pessoas e a única porta de entrada ou saída ficava à minha esquerda.

Esperei ele se afastar de mim. Pulei de pé, correndo, esperando ter o elemento surpresa a meu favor.

Segurei a maçaneta da porta e empurrei. Fiquei aliviada quando a porta se abriu e corri para fora. Meu vestido se embolou nos meus tornozelos e eu tropecei, dando dois passos curtos antes que o cara me agarrasse por trás.

— Volte aqui! — Ele rosnou, me girando.

Eu o encarei, me sentindo uma criança pequena quando ele se elevou sobre mim. Seu aperto no meu braço aumentou e ele xingou.

— Deuses, que droga, você é tão pequena. Não quero fazer isso.

Pequena? Claro, eu tinha um e sessenta sem salto, mas não iria debater com ele se ele não quisesse me matar.

— Então não o faça. Apenas me deixe ir. Não direi nada. Eu prometo. — Meu coração estava na minha garganta.

Seus olhos escuros estavam frenéticos e eu poderia dizer que ele não era um assassino de sangue frio. Conheci o suficiente dos homens de Corelli para reconhecer o medo quando o via. Ele era mais como um dos novos recrutas da família Corelli, jovem e imaturo. Mas, muitas vezes, esses eram os mais perigosos porque tinham sido encurralados em um canto sem saída.

Ele balançou a cabeça, debatendo o que fazer. — Eu seria um homem morto se descobrissem.

— Ninguém jamais saberá. Eu juro.

Ele me estudou, seu aperto doloroso. — Quem é você? Quem vem atrás de você?

— Ninguém. — Pelo menos, ninguém que eu conhecia. A Guardiã Egara havia me prometido que eu estava sendo enviada para três companheiros Vikens, mas não fazia ideia se eles sabiam que alguma coisa havia acontecido comigo.

— Você estava sendo transportada para a Viken Unida. Por quê?

— Eu não sei.

Os olhos dele se estreitaram. — Você é noiva. Uma porra de noiva interestelar.

Meus olhos se arregalaram quando ele cuspiu a verdade e eu balancei minha cabeça, tentando pensar em uma mentira, qualquer coisa para fazê-lo me deixar ir.

— Não se preocupe com suas mentiras. — Ele colocou a mão livre para trás e sacou uma arma. Sim, era uma arma. Uma arma espacial, mas eu já vi o suficiente para saber. Era metal brilhante, brilhante como prata. Era pequena, pequena demais, mas isso não significava que não era poderosa. Eu não vi um lugar para balas, mas morte era morte, com bala ou não. — Você é noiva. Deuses sejam condenados. Quem vem atrás de você?

— Eu não sei — Repeti, minha voz aumentando em pânico.

Ele rosnou para mim. — Caralho. Seu parceiro provavelmente trará um esquadrão inteiro para me caçar.

Balancei minha cabeça. — Não. Nunca o conheci. — Eu não diria a ele que tinha três parceiros.

— Cale-se. — O suor escorria de sua testa até a bochecha e as veias das têmporas inchavam logo abaixo da pele. Ele estava com medo, e isso não era bom para minhas chances de sobrevivência. — Isso não importa, caralho. Você não entendeu? Ele virá buscá-la. A porra da noiva de um guerreiro.

Puxei meu braço, tentando me libertar. — Me deixa ir! — Eu gritei.

— Ele virá atrás de você, ok. E me rasgará ao meio. — Seu aperto aumentou até eu gritar de dor, preocupada que ele quebrasse um dos ossos do meu braço ou deslocasse um ombro. — Noiva do caralho. Como isso aconteceu? Eu estou condenado. Malditamente condenado!

A raiva alimentou minha coragem. Eu deixei os Corellis me assustarem a cooperar, fazendo tudo e qualquer coisa que eles quisessem. Mesmo depois que minha mãe morreu e foi enterrada, eles me forçaram a contrabandear para eles. Drogas. Dinheiro. Tecnologia. Arte. Diamantes. Eles ameaçavam me matar, e eu fiz o que eles queriam. Eu me intimidei e deixei que eles me dominassem. E para quê? Tudo o que consegui foi uma sentença de prisão e uma passagem só de ida para este planeta idiota. Foda-se isso.

Afastei-me e dei com meu joelho na virilha dele com toda a força que eu tinha. — Idiota!

Ele caiu como uma pedra, mas não soltou meu punho, quase me arrastando para o chão com ele. A arma estava em sua mão livre e ele apontou para o meu rosto, que estava a alguns centímetros acima da dele. Agarrei seu pulso com as duas mãos e empurrei com força, forçando a ponta da arma para longe de mim. Ele disparou uma vez, o som como um foguete explodindo entre nós. Uma rajada branca de luz disparou e foi em direção às árvores.

Rosnando, ele rolou de lado e tentou me empurrar para o chão, mas segurei seu pulso com toda a minha força. Eu estava respirando com dificuldade e meus pés estavam emaranhados no vestido. Com os braços ocupados, usei minhas pernas de novo, dando-lhe outra joelhada. Os homens Vikens tinham bolas biônicas ou sua adrenalina estava tão alta quanto a minha. Tudo o que aconteceu foi fazê-lo respirar fundo e permitir que eu caísse em cima dele, onde ele estava deitado de costas. Eu pairava sobre ele, olhei em seus olhos sombrios e zangados, mas ele ainda estava com a arma.

— Vou te matar — Ele rosnou.

— Vá em frente e tente, seu imbecil. — Algo dentro de mim estalou, e com isso foi todo o meu medo. Se eu morresse aqui, que assim seja, mas estava cansada de ter medo. Ser intimidada. Usada por homens poderosos que me tratavam como um peão descartável. Inclinei-me, afundando meus dentes profundamente na carne de sua mão até sentir meus dentes quebrando carne em carne e minha boca inundada de sangue.

Ele uivou de dor e puxou o braço para longe de mim, em direção ao peito e eu aumentei minha vantagem. Não tinha ideia de onde minha força veio, talvez minha raiva contra os Corellis tenha saído de mim, mas fui capaz de dobrar seu pulso em um ângulo estranho e empurrar para baixo. Seu braço caiu no ângulo estranho e eu caí em cima dele. A mão que ele usava para segurar a arma estava presa entre nós. Eu arqueei minhas costas, tentando manter meu corpo fora de sua linha de fogo enquanto torcia seu pulso ainda mais, esperando ouvir o osso estalar.

Ouvi um estalo, vi uma ligeira labareda de luz brilhante. Não no pulso dele. A arma foi disparada.

Levei um tiro? Por uma fração de segundo, entrei em pânico, preocupada que minha raiva e choque bloqueassem a dor do meu ferimento. Cerrei os dentes e tentei me concentrar no meu corpo, mas não senti nada além da batida acelerada do meu coração enquanto lutava para aspirar ar dentro e fora do meu corpo. Fiz um balanço, cada respiração estremecendo da luta enquanto pisquei lentamente, tentando entender. Tudo parecia que estava acontecendo em câmera lenta e assisti com um desapego que eu mal conseguia entender.

Suas pernas ficaram relaxadas quando ele parou de lutar. Sob mim, seu corpo amoleceu quando seus músculos relaxaram. Seu aperto no meu braço afrouxou e sua mão deslizou no chão. Ele olhou para mim com os olhos arregalados, como se estivesse atordoado. Afastando-me de seu peito, peguei a arma e me arrastei para trás em minhas mãos e joelhos, longe dele.

A luz que brilhava através da copa mais alta das árvores se filtrava para dançar em seu peito, o sangue cobrindo a frente de sua camisa espalhado em uma flor vermelha brilhante sobre o tecido verde escuro.

Então, os Vikens sangravam vermelho, assim como os humanos.

Eu o observei morrendo, o gosto de seu sangue na minha boca embrulhou meu estômago e rolei para o lado enquanto meu corpo estava atormentado pela ânsia de vômito. Havia comido há muito tempo e, pela primeira vez, fiquei agradecida pelo estômago vazio.

Gelada até os ossos, afastei-me dele e me levantei. Fiquei com as pernas trêmulas e vi que seus olhos haviam ficado vidrados e vazios. Meu coração trovejando nos meus ouvidos, mas o resto de mim parecia completamente entorpecido.

Ele estava morto. Eu o matei.

Virei minha cabeça, esquerda e direita, procurando por mais inimigos, mais ameaças. Estávamos no centro de uma clareira, apenas com o pequeno prédio, camuflado e coberto com o que parecia ser musgo. Virei-me devagar e senti como se tivesse entrado em uma floresta mágica. Árvores altas pairavam como arranha-céus, tão espessas e verdes que mal podia ver a cor do céu além. O chão era macio sob meus pés, elástico com uma mistura de musgo e grama espessa e exuberante.

Senti como se tivesse entrado em uma pintura de Monet. Queria ter minhas tintas para poder colocar a incrível beleza na tela. Era... a perfeição. Tudo estava úmido, como se tivesse acabado de chover. Verdejante e úmido, o suor se acumulou na minha testa quando os sons de animais que eu não conhecia cantavam e gritavam de seus esconderijos. As trepadeiras subiam de árvore em árvore, e a cada centímetro de seu comprimento uma flor exótica, maior que minha palma aberta, decorava a floresta com pétalas vibrantes de rosa e roxo, laranja e dourado. Viken era adorável. Colorido. Estranhamente bonito e eu queria pintar tudo.

Exceto pelo homem morto aos meus pés.

Olhei para a arma estranha na minha mão, apontei para o chão a alguns metros de distância e apertei. Nada aconteceu. Tentei de novo e de novo, mas a arma era inútil.

Irritada, joguei a arma para o lado e virei as costas para o pequeno prédio. Eu precisava de água, algo para tirar o gosto da morte da minha boca, mas não podia voltar ao centro de transporte. E se o homem com a tatuagem voltasse para terminar o que o subalterno havia começado? E se alguém viesse?

Eu tinha que fugir. Não estava segura aqui, mesmo com este homem agora morto. Mesmo com a natureza ao meu redor. Não tinha ideia de onde estava. Poderia haver outros que me encontrariam. Como explicaria o cadáver?

Entrando na floresta, não olhei para trás. Eu era uma alienígena aqui. Eles veriam o Viken morto e eu enfrentaria uma acusação de assassinato. Por que alguém iria me ouvir? Eu era da Terra. Estava em outro planeta. Havia alguma lei governando o direito de matar em legítima defesa em Viken? Deus, não poderia ir para a prisão. Foi por isso que me ofereci para o Programa de Noiva, inicialmente.

Tinha que focar no mais importante primeiro, tinha que colocar o máximo de distância possível entre mim e essa porra de história de horror.

A floresta se fechou ao meu redor e continuei andando até o pequeno prédio desaparecer da minha vista. Olhando em volta, não vi caminho óbvio e não fazia ideia de qual caminho seguir. A floresta parecia a mesma em todas as direções.

Não importava o caminho que escolhesse, desde que corresse para muito, muito longe.

Peguei a barra do meu vestido e corri por entre folhas e trepadeiras, passei por árvores e flores e continuei andando até minhas pernas doerem e meus pulmões queimarem.

Sobrevivi na Terra com os Corellis. Continuaria até encontrar algumas pessoas que parecessem amigáveis o suficiente para pedir ajuda. O idioma que aquela agulha gigante enfiou no meu crânio como parte do meu processamento na Terra deve ter funcionado, porque entendi os dois homens que me queriam morta muito bem.

Sim, correr era um risco. Mas ficar, esperando o tatuado voltar e terminar o trabalho, parecia pior.

Encontrei um pequeno riacho e lavei a boca, joguei água no rosto e continuei andando.

Sim, posso morrer aqui. Mas, neste momento, não tinha mais nada a perder.

3

Gunnar, Sala de Transporte Viken

O técnico tinha um ângulo melhor que eu, e ele empalideceu, balançando em seus pés. — Minha Rainha?

Ela se sentou lentamente, um bebê no colo, ambas com cabelos ruivos escuros. A rainha se virou para mim, confusão clara em seu rosto. — Onde estou? Gunnar? Erik? O que está acontecendo?

— *Wolf!* — A bebê Allayna levantou os braços quando viu um de seus parceiros favoritos, Rolf. A menininha não sabia dizer o nome corretamente, e então, ele se tornou Wolf, Lobo. Aprendi com a rainha que um lobo era um animal na Terra, feroz e leal, cruel e astuto. Ela considerou adequado, pois meu amigo era tudo isso.

Rolf correu para a frente e levantou Allayna dos braços da Rainha Leah.

Inclinei minha cabeça e dei um passo à frente, oferecendo minha mão para ajudá-la a sair da plataforma de transporte. — Minha Rainha, o que a senhora está fazendo aqui?

Ela olhou em volta, confusa. — Estávamos nos transportando para o Setor Três. Meus parceiros já estão lá, aguardando nossa chegada.

Erik gritou para o técnico de transporte: — Entre em contato com a sala de transporte no Setor Três imediatamente. Seus parceiros estarão prontos para destruir o lugar.

— Sim, senhor. — O técnico de olhos arregalados seguiu a ordem de Erik, sua voz cortada, mas firme quando ele entrou em contato com a outra sala de transporte e avisou aos parceiros da Rainha Leah, Tor, Lev e Drogan, que sua parceira e filha estavam vivas e bem.

— Transporte iminente. Por favor, limpem o bloco — o técnico gritou o aviso, e eu puxei a mão da rainha até que ela estivesse em segurança atrás de mim quando o bloco de transporte disparou mais uma vez.

Segundos depois, Lev estava na plataforma, sua carranca feroz com a cicatriz profunda sobre o olho direito. Lev era um dos nossos reis trigêmeos, mas ele fora criado no Setor Dois, meu setor. Era o mais cruel dos irmãos, o mais temido. Não havia perdão nele, nem suavidade, pelo menos até a Rainha Leah chegar.

Leah gritou e correu para seus braços. — Lev!

Nós o assistimos silenciosamente se transformar de guerreiro tenso em um parceiro reconfortante enquanto ele a abraçava. Ele levantou o braço em um comando silencioso para Rolf trazer sua filha para ele. Rolf deu um passo à frente e Lev levantou a pequena garota em seus braços como se ela fosse o vidro mais delicado. Um calafrio assolou o corpo do rei. A pequena se aninhou no pescoço do pai e eu tive que me virar. Não podia suportar a visão de um guerreiro tão poderoso quebrado pelo medo por seus entes queridos.

Ele foi vencido por apenas um problema de transporte. Testemunhar essa vulnerabilidade serviu como um lembrete eficaz, porém, simples, de que era melhor não amar. Arriscar tal completo desespero por uma parceira.

Com sua parceira e filha em segurança nos braços, a atenção de Lev voltou-se para mim. Sua mandíbula estava tensa, seus olhos ferozes. — Que diabos está acontecendo aqui, Gunnar?

Balancei minha cabeça lentamente, não intimidado pelo tom severo do rei. — Nós não sabemos, senhor. Nos reunimos para aguardar a chegada da nossa parceira da Terra.

Lev olhou em volta, apertando o braço sobre a cintura de sua adorável parceira. Eu duvidava que ele a deixasse ir tão cedo. Leah se agarrou a ele com total confiança. Mas mesmo Lev, um governante do nosso planeta, não era capaz de manter sua parceira segura em algo tão simples quanto um transporte. Ela poderia ter sido enviada para qualquer lugar.

— SSV? — Lev olhou para o técnico de transporte quando ele falou. — E você confirmou o transporte da Terra?

— Sim, senhor.

— Então, onde está a parceira deles? — O tom do rei foi cortante, mas o homem mais jovem deu de ombros.

— Eu não sei, senhor. Teremos que executar uma análise detalhada dos sinais do sistema. Esse tipo de mudança de coordenadas no meio do transporte é impossível.

— Erik. Descubra o que diabos está acontecendo. — Ordenei que meu amigo assumisse o controle de transporte sem pensar duas vezes. Erik tinha um dom especial para tecnologia, para quebra-cabeças. Se enfrentássemos um inimigo, eu preferia um confronto frente a frente. Rolf, o trapaceiro, sempre falante, tentaria manipular ou confundir seu inimigo antes de um ataque. Mas Erik se destacava em resolver quebra-cabeças insolúveis e por entender nossa tecnologia de uma maneira que eu nunca pude. Sua capacidade de reconstruir centrais de comunicação e armas salvou nossas vidas em mais de uma missão na linha de frente da guerra da Coalizão Interestelar com a Colmeia.

Erik franziu a testa, seus longos cabelos escuros puxados para trás e amarrados atrás da cabeça, como uma sombra. Seus dedos correram sobre os painéis de controle enquanto ele fazia uma análise com o técnico de transporte muito mais jovem e menos experiente, observando com admiração. — Eu não sei, Gunnar. Parece que as linhas de transporte se cruzaram e as duas mulheres foram redirecionadas.

— Sophia foi enviada para o Setor Três no lugar da rainha? — Rolf perguntou, seu tom tenso. Ele era sempre tão calmo, mas agora, ele tinha o olhar sombrio e geralmente reservado para Erik ou para mim. Sua coloração clara e seu jeito fácil enganaram tantos, escondendo a dor que ele carregava por dentro.

Andei de um lado para o outro quando Erik fez contato com o transporte do Setor Três, ansioso para saber se nossa parceira estava segura.

Nossa parceira. *Sophia*. Eu menti para meus companheiros de batalha ao dizer a eles que não tinha estudado o perfil dela. Na verdade, havia memorizado todos os detalhes. Sabia a curva exata de sua bochecha, as manchas douradas de cor que deixavam seu olho direito um pouco mais claro que o esquerdo. Li todo o registro de dados do aplicativo. Sabia que ela era pequena demais, frágil, pura demais para um homem como eu. Mas nada disso importava. Agora que eu a vi, sabia que ela era minha, queria prová-la, afundar meu pau em seu corpo e ver seus olhos nublarem com necessidade. Concordei com a pontuação do programa de noivas, concordei em ser seu parceiro por toda a vida. Até concordei com o pedido da Família Real de compartilhá-la com Rolf e Erik.

Prometi cuidar dela, protegê-la e dar-lhe tudo o que precisava. Mas não poderia amá-la. O amor seria deixado para Erik e Rolf. O amor, para mim, seria uma façanha impossível – mas isso não significava que eu queria que o mal chegasse até ela. Não como Loren. A mulher do Setor Dois que eu amei há muito tempo.

Eu a amei demais, permiti-lhe todas as indulgências e ela morreu por isso. Afogada em um lago tarde da noite com suas amigas. Elas não a observaram atentamente, a perderam na escuridão. Se eu estivesse lá, ela teria sido protegida, vigiada. Mas não.

Com Sophia, eu a protegeria com a minha vida. Iria dominá-la, se necessário, mas não amar. Não, eu não poderia amar de novo. E, no entanto, Sophia era minha. Assim como Rolf e Erik eram meus. Assim como os três reis e sua adorável parceira, Leah, eram meus. A pequena Allayna, com seus cachos vermelhos e grandes olhos azuis. Minha. Eu protegia o que era meu. Quem ameaçava nossa parceira morreria pela minha mão.

O técnico de transporte nos olhou quando Erik xingou, balançando a cabeça. — A sala de transporte confirmou que não houve transporte. Sophia Antonelli está desaparecida.

Lev se moveu para ficar ao lado de Erik e observou seus dedos se moverem sobre a tela. Se Lev soubesse usar o maquinário, ele teria empurrado o grande guerreiro para fora do caminho e feito ele mesmo. Ele tinha que aguardar, como eu, impotente para encontrar minha parceira.

— Havia algum outro transporte ocorrendo? — O rei perguntou.

O técnico franziu a testa, as mãos se movendo sobre a estação de controle em um ritmo frenético. — Sim. Um outro.

Erik estava do outro lado do técnico, os olhos se estreitando enquanto ele também lia os relatórios. Os olhos de Erik eram sérios, da cor das nuvens de tempestade. Erik não era um Viken alegre, como Rolf. Tampouco sentia o peso da escuridão como eu. Ele andava em uma nuvem cinzenta, apático e distante do mundo. Eu sabia que ele havia perdido sua família, cada um deles, em um ataque brutal. Ele nunca deu detalhes, não nos dez anos em que lutei ao lado dele na guerra da Colmeia. Ele mantinha seus segredos sombrios, mesmo quando enterrava suas bolas no fundo de uma mulher disposta ou o pescoço no fundo de suas canecas, bêbado demais para suportar.

Ele tinha perdido tudo, como eu. Nenhum de nós tinha algo para ir para casa. Não precisamos viver uma vida no setor. A decisão de ficar em Viken Unida, para servir a nova Família Real, tinha sido fácil.

Rolf, por outro lado? Eu não tinha ideia de por que Rolf não retornou ao Setor Três depois de termos cumprido nosso tempo na guerra da Colmeia. Quando Erik perguntou, Rolf deu de ombros e disse que estava com medo de que Erik e eu nos matássemos sem ele por perto para intervir. E, assim, ele permaneceu conosco como parte da Guarda Real.

— Erik, onde diabos ela está? Você não pode rastrear as coordenadas dela? Entre em contato com a Terra. Certamente eles rastrearam o transporte dela — Exigi.

— Fiquem calmos, meninos. Eles cobriram seus rastros — Erik insistiu. Eu pisquei lentamente e me segurei. As palavras de Erik estavam em tom de brincadeira, mas Sophia era sua parceira, e eu reconhecia o olhar em seus olhos agora.

Assassino. O que foi um reflexo perfeito para a raiva correndo pelas minhas veias.

— Eles? — Eu perguntei.

— Quem são eles? — O rei perguntou. — Você confirmou que é o SSV?

Amaldiçoei e retomei o passo enquanto Leah e o bebê se moviam para ficar ao lado de Lev mais uma vez. Claramente abalada, ela o alcançou em busca de conforto, força. A visão me fez queimar de raiva.

Em algum lugar lá fora, minha parceira estava assustada. Sozinha. Receosa.

E eu não conseguia alcançá-la.

— Porra, Erik. Encontre-a. Agora.

Rolf grunhiu em concordância enquanto Lev observava as mãos de Erik voarem sobre os controles complexos. O perigo espreitava em todas as sombras ultimamente. Por dois mil anos antes da família de Lev unir o planeta, os três setores eram governados por quem era o mais poderoso, o mais cruel. Os Separatistas do Setor Viken preferiam os modos antigos, o sistema antigo. Eles começaram a guerra civil três décadas atrás, que matou nosso rei e deixou os príncipes trigêmeos órfãos. Agora que os irmãos estavam unidos e sua filha Allayna era a herdeira e governanta reconhecida de todo o planeta, o SSV redobrou seus esforços para eliminar toda a Família Real mais uma vez.

Sem os três reis, sem a princesa Allayna, não haveria linha clara de ascensão ao trono. Seria um caos. Guerra.

O que era exatamente o que esses bastardos queriam.

A celebração do primeiro aniversário da jovem princesa servia como um lembrete flagrante de todas aquelas famílias poderosas perdidas. A manifestação entusiasta de amor de toda a população do planeta pela adorável princesinha aumentou os esforços de recrutamento dos separatistas, pois a princesa era a verdadeira unificadora de Viken. Todos os dias surgiam novos protestos em um dos setores, confrontos entre os guerreiros de Viken Unida e aqueles que ainda eram leais aos líderes individuais do setor. A maior parte de sua lealdade era comprada com moedas ou paga em sangue.

Os três reis de Viken, cada um criado em um dos setores, depois de ficarem órfãos na infância, haviam iniciado o processo de união do planeta. O nascimento da filha solidificou ainda mais o domínio sobre o trono. Mas aqueles que não queriam abrir mão do poder se escondiam como monstros no escuro, esperando para atacar.

Como Guardas Reais de Viken Unida, Rolf, Erik e eu servimos a Família Real com a maior lealdade. Até agora, a Guarda Real conseguiu evitar todos os ataques à Família Real.

Até hoje.

Hoje, eles tentaram pegar a rainha, mas roubaram minha parceira.

— Eu tenho as coordenadas dela. Sophia chegou de fato a Viken. — Erik levantou o olhar para o meu e eu quase não reprimi um rosnado. Eu não conhecia nossa Sophia, ainda tinha que segurá-la, tocá-la, fodê-la. Mas ela era minha. E ninguém fodia com o que me pertencia. Eu me concentrei na minha raiva. Se pensasse em nossa parceira sozinha e com medo, ou pior, sofrendo, perderia a cabeça.

— Onde ela está? — Minha voz era tão fria quanto o metal pálido da espada nas costas de Rolf.

Erik levantou a cabeça, seus olhos azuis tão sombrios que pareciam pretos. — Na floresta.

— Na foresta? — Passei a mão na parte de trás do meu pescoço.

A Rainha Leah ofegou. — Mas, não há plataforma de transporte na floresta. O SSV o destruiu meses atrás.

Rolf olhou em volta do técnico frenético para Erik. — Bem, ele está certo. — Ele apontou para a tela brilhante. — Essas coordenadas são na floresta.

— Você está me dizendo, caralho, que os separatistas sequestraram nossa parceira, no meio do transporte? — Essa era uma nova ameaça à segurança mais grave do que qualquer outra enfrentada anteriormente.

Lev rosnou para o técnico. — Traga a porra do seu comandante aqui e descubra como eles fizeram isso.

— Sim, senhor. — O técnico abriu a comunicação para alguém que não podíamos ver, mas eu o ignorei.

— Me leve lá, Erik. Agora.

O rei levantou a mão para me parar. — Você não sabe para o que está transportando. Vamos convocar mais guerreiros para acompanhá-lo. — Ele me olhou de cima a baixo, rapidamente fazendo o mesmo com Rolf e Erik. Ele arqueou a testa quando notou a armadura leve que vestíamos. Esperávamos cumprimentar uma bela e nova parceira, não entrar em batalha. — Você precisa de armaduras e armas. E mais guerreiros.

— Não vou esperar. Nossa parceira está lá fora,

sozinha e assustada. Não me peça para esperar.

O rei fez uma careta, mas foi a Rainha Leah que o trouxe para o nosso lado. — Lev. Deixe Gunnar lidar com isso. Por favor. O que você faria se fosse eu e Allayna lá fora na floresta? — A Rainha Leah colocou a mão sobre o coração dele e se inclinou para ele.

Vi o momento em que ele mudou de ideia. — Tudo bem. Mas eles estavam atrás da rainha. Sei que você quer estripá-los, mas precisamos deles vivos para serem interrogados. — Ele olhou para sua parceira e levantou a mão para passar levemente os dedos sobre os cachos macios e felpudos de sua filha bebê. — É hora de tirar esses bastardos dos seus esconderijos.

— Entendido. — Eu queria matar os homens que ousaram ameaçar o que era meu, mas concordei. Eu os levaria vivos, se pudesse, e deixaria os interrogadores tê-los.

Leah puxou a mão do rei e levou a princesa para a plataforma de transporte com seu parceiro seguindo atrás. — Temos que participar das negociações de paz, Lev. Devemos ir. Se você não aparecer, os setores começarão a falar. Eles vão usar isso contra nós.

Lev gentilmente beijou o topo de sua cabeça, mas seu corpo vibrou com raiva e frustração com perguntas sem respostas. Sua fêmea estava em perigo – ainda podia estar – e ele não podia resolver aquilo sozinho.

— Você está certa. — Nosso rei levantou o olhar para o meu, um guerreiro do Setor Dois exigindo vingança total de outro. — Cuide disso. Encontre sua parceira. Reivindique-a. Coloque-a em segurança.

— Colocaremos.

— E traga esses covardes para mim — Disse ele.

A princesa puxou a camisa do pai com os dedos

gordinhos e a delicadeza do toque dele desmentia a violência de suas palavras.

— Sim, senhor. — Eu caçaria todos os Vikens que estavam envolvidos no sequestro, não apenas porque nosso rei exigiu, e não porque eles ameaçaram a vida da rainha, mas porque eles pegaram o que era meu. Minha parceira.

Lev ordenou que o técnico os transportasse de volta ao Setor Três. O rei, a rainha e Allayna desapareceram momentos depois, o silêncio na sala de transporte era ensurdecedor.

— Confirme a chegada deles no centro de transporte do setor — Ordenou Rolf.

O técnico passou a tela algumas vezes e ouvimos a voz de Lev: — Chegamos em segurança. Encontrem sua parceira.

Ele encerrou a conexão sem se despedir. O que mais havia para ele dizer? Não podíamos atrasar. Enquanto a rainha e a princesa estavam em segurança, o mesmo não podia ser dito sobre nossa parceira. Ela estava na porra da floresta. Sozinha. Sem proteção.

Erik e Rolf se viraram para mim. Eu era o oficial de mais alta patente entre nós e, mais, precisava estar no controle, como precisava respirar. A necessidade de comandar era como uma infecção no meu sangue. — Se nossa parceira estiver na selva, a plataforma de transporte não foi destruída. Os separatistas divulgaram informações falsas — Falei.

O técnico parecia confuso.

— Assim que partirmos, descubra quem assinou a porra do relatório.

— Sim, senhor. — Vi o entendimento surgir nos olhos do jovem e por trás dela, raiva. Bom. Ele era jovem, mas leal. Ele levaria a ameaça à sua rainha e à princesa muito a sério.

Erik assentiu. — A estação de transporte nessas coordenadas ainda está operacional e recebendo.

— Vocês dois estão totalmente armados? — Perguntei, inspecionando meus amigos e parceiros guerreiros.

Erik zombou de mim, como se a pergunta fosse idiota. E foi. Atualmente nunca íamos a lugar algum sem nossas armas.

Balancei a cabeça para eles e subimos na plataforma de transporte. — Vamos buscar nossa parceira.

───

Sophia

Eu não tinha ideia de quanto tempo andei pela floresta. No começo, eu corria. Então, tropecei na vegetação rasteira e no vestido estúpido. Não tinha ouvido ninguém me seguindo, então, diminuí a corrida. Além disso, a dor do meu lado não estava indo embora e isso só me lembrava que eu raramente frequentava academia. Os animais estavam por perto. Eu podia ouvi-los, ver alguns pequenos correndo.

Com a espessa cobertura florestal, não havia luz solar direta. Ou sol? Quantos Viken tinha? Não estava frio, na verdade, eu estava suando no meu vestido pesado. Cheguei a um riacho e me ajoelhei ao lado, coloquei a água fria em minhas mãos e bebi. Eu provavelmente pegaria algum tipo de parasita, mas não morreria de sede. E graças a Deus, a água tinha gosto de... bem... água. Os joelhos do meu vestido ficaram úmidos e grudaram em mim, agarrando-me às pernas e pesando quando me levantei.

Abri os botões e tirei a roupa pesada. Por baixo, usava um tipo de combinação branca que ia até pouco acima dos joelhos. Não era mais revelador do que um vestido curto de Verão, na Terra. Puxando o decote, espiei por baixo e vi que usava algo a meio caminho entre um espartilho e um sutiã. Minhas meninas estavam bem contidas e não se movimentavam, então, fiquei feliz. Deixando o vestido para trás, continuei andando, seguindo a beira do riacho. Os sapatos que usava eram simples e baixos. Não sabia o que aconteceria com eles se ficassem molhados, então, fiquei na margem seca e não vi a necessidade de atravessar.

O sol não parecia se pôr em Viken, nem se movia pelo céu. Pareciam horas desde que matei aquele homem, quilômetros que andei do prédio de transporte e não tinha visto ninguém, não ouvi ninguém além das pequenas criaturas de árvores. Sentia-me a porra da Branca de Neve andando pela floresta, esperando o lenhador retirar meu coração.

Alguém sabia que eu estava aqui? Que eu tinha desaparecido? Ou que fui redirecionada? Ou seja lá que diabos aconteceu?

Minhas pernas doíam, os músculos tremiam e eu estava com fome. A última coisa que comi na Terra foi horas antes dos meus testes no centro de noivas. Quem sabia há quanto tempo isso foi? Meu estômago pensava que tinha sido há dias, a dor aguda como uma faca. Disseram-me que a Terra estava a anos-luz de distância deste planeta, então, me deixaram comer um hambúrguer e batatas fritas. Tinha merecido um milkshake de creme com chantilly e sorvete de flocos, mesmo que toda gordura fosse direto para a minha bunda.

Eu estava com náusea e tontura, e não conseguia

continuar. Precisava descansar. Afastando-me do riacho, voltei para a floresta até encontrar uma árvore grande e começar a subir, me colocando em uma espécie de assento onde três galhos grandes se cruzavam. Puxando meus joelhos ao meu lado, encostei minha cabeça na casca lisa e diminuí a respiração. Ainda bem que não estava frio, descansei por alguns minutos ao barulho da floresta à minha volta. Os pássaros cantavam em sons que eu não reconhecia. Uma estranha criatura negra e felpuda pulava de galho em galho como um esquilo em casa. Insetos estranhos voavam no ar ao meu redor, mas a maioria me deixava em paz. Um ou dois pousaram em mim, mas eu rapidamente os espantei, desejando ter mantido o vestido azul como cobertor ou rede de insetos.

Pelo menos não tinha tropeçado nos últimos quilômetros.

— Sophia!

O grito alto me fez endurecer, mas eu não respondi quando dois homens Vikens grandes entraram na floresta logo abaixo de mim. O homem que gritou era alto e loiro, com os olhos muito longe para ver claramente, eu suspeitava que fossem verdes. Ele era grande e musculoso, seu corpo enorme coberto com um uniforme verde escuro com uma faixa vermelha em volta do braço. Seu rosto era bonito o suficiente para fazer meu coração disparar com mais do que medo.

— Sophia! — Um segundo homem andou alguns passos atrás do loiro e me chamou também. Ele virou a cabeça de um lado para o outro, procurando por mim. Ele era mais forte no peito e alguns centímetros mais baixo que o companheiro. Mas parecia o meu ator favorito, seus longos cabelos castanhos amarrados na base do crânio descendo pelas costas. Ele usava um uniforme marrom com a mesma faixa vermelha em volta do braço e carregava uma arma de aparência estranha que ele usava para afastar a folhagem em sua busca por mim.

Permitindo que eles passassem, fiquei em silêncio por longos minutos e considerei descer da árvore enquanto eles se afastavam cada vez mais da minha posição. Comecei a pensar que deveria descer e me arriscar para que eles não estivessem aqui para me matar. Isso foi até eu ver o terceiro homem.

Ele não falava enquanto seguia pelo menos a cerca de trezentos metros atrás deles. Ele se movia pela floresta em pés silenciosos, seu olhar sombrio procurando tudo.

Dos três, ele foi o único a olhar para cima.

Recuando atrás do tronco principal da enorme árvore, eu me escondi completamente e olhei para ele por entre folhas verdes esmeralda. Ele usava preto da cabeça aos pés com a mesma braçadeira vermelha. Tinha cabelo preto, curto e olhos escuros. Seu rosto me lembrava um modelo grego ou italiano mais sexy que já existiu nas páginas de uma revista, mas sua pele era mais escura, a cor do meu café mocha favorito. Ele era bonito, mas sério. Foram os olhos dele que me mantiveram congelada no lugar. Eles eram frios, sem emoção e calculistas enquanto seguia os outros pela floresta.

Então, os dois primeiros foram designados para me expor para o caçador que estava atrás.

Eu podia ser uma garota da cidade, mas não era burra. Já vi esse cenário nas ruas de casa. Envie alguns caras para bater nas portas e causar problemas. E, exatamente quando todos pensavam que estavam seguros, o verdadeiro executor aparecia e socava a cara de alguém.

Não. Não cairia nesse truque.

4

Sophia

O último homem caminhou diretamente abaixo de mim e eu prendi a respiração, não ousando emitir um sussurro quando ele ficou parado. Meu coração estava batendo tão alto que eu temia que ele ouvisse, agarrei a árvore e rezei para que ele continuasse. Se ele olhasse para cima, eu seria dele.

A arma em sua mão, uma versão maior da arma espacial que eu tinha segurado anteriormente – a arma que tinha usado para matar – repousava em seu braço como um amigo familiar. As mangas pretas escuras de seu uniforme subiram e eu mordi meu lábio para manter o grito preso na minha garganta quando vi a tatuagem na parte interna de seu pulso.

A serpente de três cabeças.

Caralho.

Aquilo era a resposta. O transportador deve ter enviado esses três para acabar comigo.

Fechei os olhos, o ar que mantinha preso nos pulmões queimando como ácido.

Com uma técnica lenta e controlada que aprendi na aula de yoga, soltei um pequeno fio de ar antes de encher meus pulmões da mesma maneira.

Contei até cem. Duzentos. Trezentos. Quando abri os olhos, ele ainda estava lá.

Eu queria gritar para ele seguir em frente, dar o fora daqui.

Os outros dois voltaram para se juntar a ele, seus chamados aumentando em volume à medida que se aproximavam.

— Gunnar? O que você está fazendo? Temos que seguir em frente. — Falou o loiro.

Gunnar. Então, meu caçador tatuado tinha um nome.

Gunnar balançou a cabeça lentamente e levantou a mão para silenciar seus parceiros. — Ela está aqui. Posso sentir.

O homem de longos cabelos castanhos colocou a arma nas costas com uma tira longa e franziu o cenho. — Isso de novo não.

O loiro riu. — Cala a boca, Erik. Já estabelecemos que os instintos de Gunnar são sólidos. Salvou seu traseiro mais de uma vez.

Erik balançou a cabeça, claramente impaciente. — Vamos lá, Gunnar. Se ela estivesse aqui, já teria saído.

Não.

— Não. — Gunnar disse a palavra que eu estava pensando. — Ela deve estar assustada e confusa. Você viu o homem morto.

— Caralho. Você realmente acha que ela o matou? — Erik perguntou.

Gunnar não respondeu, seu olhar vagando pela floresta. As árvores. Chegando muito perto. O cara era fodidamente intenso e assustador como o inferno. E tão lindo que deveria vir com uma etiqueta de aviso. A intensa atração que senti por ele me fazia queimar de raiva. Era assim que os Vikens agiam? Enviando um assassino para seduzir com uma boa aparência intensa antes que ele rasgasse sua garganta?

Revirei os olhos para o meu próprio pensamento teatral. Mas, falando sério, esses caras podiam dar umas aulas para os Corellis.

E realmente, quem tinha empregados tão lindos? Todos os três estavam caminhando, conversando como deuses do sexo, seus uniformes apertados esticados sobre peitos largos e musculosos. Como eu deveria lutar com eles se eles me encontrassem? Como ia sobreviver? Não conhecia ninguém neste planeta. Não tinha comida, dinheiro, armas, telefone celular e ninguém para ligar.

E esses homens eram enormes, carregando armas e determinados a me encontrar. Eu estava tão ferrada.

Senti muita pena de mim e lágrimas se acumularam nos meus olhos. Inclinei a cabeça para ter certeza de que elas simplesmente corriam pelas minhas bochechas, em vez de cair na cabeça de um dos caçadores. Se quisesse lidar com esse tipo de estresse, poderia ter ficado na Terra e tentado me sentir bonita no macacão laranja da prisão.

Mas, pelo menos, estaria viva. Poderia sentar em uma cela aconchegante, ler cerca de mil livros e tentar não ser chutada duas vezes por semana. Por vinte e cinco anos.

Que triste que a prisão agora parecia ter sido a escolha mais sábia. Porque, a partir de agora, as chances de sobrevivência não pareciam estar a meu favor.

Gunnar inclinou a cabeça para o lado, como se pudesse me ouvir pensando. O homem estava me assustando.

Erik olhou para o loiro. — Bem, Rolf? E agora? Você sabe que ele não vai se mexer.

Rolf estudou os dois homens em silêncio antes de oferecer sua opinião. — Se Gunnar está certo, ela está se escondendo de nós.

Gunnar bufou. — Quer um presente para o raciocínio dedutivo, gênio?

Rolf colocou sua própria arma nas costas. E por alguma razão, o fato de que apenas um homem ainda estava pronto para atirar em mim logo de cara, em vez de três, fez meus ombros cederem de alívio. Gunnar era assustador, mas conheci mais do que alguns homens como ele. Frio. Durão. Cruel. Ele não era um que atirava sem pensar e não perderia a calma. Os outros dois pareciam mais alguém que gostavam de sair atirando.

Rolf deu de ombros. — Beleza. Gunnar nunca está errado.

— Porra. Eu sei disso. Mas o que vamos fazer? — Perguntou Erik, dos longos cabelos castanhos.

Gunnar caminhou até a base da árvore onde eu me escondia e apoiou suas costas contra ela. — Trazemos a rainha aqui. Sophia não vai acreditar em nada do que dissermos. Talvez ela ouça alguém da sua raça.

Rolf

Gunnar estava muito calmo. Eu raramente o via tão relaxado e nunca quando estávamos em uma missão tão importante. Na sala de transporte, quando descobriu que Sophia havia sido transportada intencionalmente para a floresta, vi um estremecer em sua mandíbula, seus punhos cerrando. Ele não perdia o controle. Nunca. Mas a intensidade que ele usava como uma segunda pele desapareceu, me confundindo. Por que ele estava tão calmo?

É verdade que Gunnar não estava interessado em uma parceira, mas ele aceitou o acordo. Eu esperava que nem ele nem Erik se apaixonassem por nossa noiva emparelhada – como Lev havia se apaixonado quando ele alcançou sua parceira e filha em suas mãos após o transporte errado – mas amando-a ou não, eles eram uns possessivos do caralho. Se Sophia era nossa, ambos a manteriam em segurança, cuidariam dela. Protegida. Acalentada mesmo. Mas amor? Não aconteceria.

Mas saber que nossa Sophia estava perdida na porra da floresta deixou Gunnar frenético à sua maneira, tranquilo. Sua calma enganava muitos inimigos, fazendo com que relaxassem uma fração de segundo antes de Gunnar atacar. Mas agora, na floresta, Gunnar nem parecia preocupado com nossa parceira.

Gunnar estava sentado no chão, as costas encostadas na árvore e sua blaster de íons, uma arma laser, no colo. Ele acenou para Erik e eu. — Vocês dois, montem um perímetro ao meu redor enquanto esperamos pela rainha.

Chamei a atenção de Erik, que encolheu os ombros e se mudou para a esquerda de Gunnar, além da trilha que estávamos seguindo, mas permanecendo à vista. Por um minuto ou dois, fiquei parado, confuso. Que diabos estava acontecendo?

— Gunnar, devemos continuar em movimento — Aconselhei. — Sei que você não queria uma parceira, mas este não é o momento...

— Claro que eu a quero. — Gunnar praticamente bramiu para mim, seu semblante calmo mudando. Mas esta foi a primeira vez que ouvi essa afirmação dele. Seu comportamento estranho me preocupou, pois, nós três éramos seus parceiros juntos. Todos nós fomos emparelhados com ela. Sem Gunnar, a união não estaria completa.

Gunnar usou sua blaster para indicar que eu deveria ir para a esquerda, em frente a Erik, e montar uma verdadeira guarda de perímetro ao redor dele e da maldita árvore.

Eu arqueei uma sobrancelha e me agachei diante dele para discutir. Seus olhos sombrios encontraram os meus. Ficaram presos. Então, mudaram.

Eu estava cego para o que meu amigo *não estava* dizendo.

Meus ombros relaxaram. Sophia *estava* aqui. Acima de nós. Gunnar não tinha desistido, ele a estava protegendo. Que mulher da Terra, que foi transportada para sabe-se-lá-onde, foi atacada e forçada a matar um homem antes de fugir sozinha para a floresta, sairia do esconderijo por três Vikens brutamontes como nós? Se Gunnar a puxasse da árvore, ela teria medo de nós, ficaria até aterrorizada, e não teria calma o suficiente para sentir nossa conexão. Nosso vínculo.

Se ela tivesse medo de nós, nunca conseguiríamos fazê-la verdadeiramente nossa.

Então, faríamos isso de outra maneira. Éramos mais guerreiros do tipo explosão e agarre ou choque e pavor. Essa abordagem *calma* era quase irritante, mas nossa presa nunca havia sido uma mulher acasalada antes. *Nossa* parceira.

— Erik, chame os reis — Eu disse. — Traga a Rainha Leah aqui. Ela é da Terra. Nossa parceira confiará nela.

As sobrancelhas de Erik se levantaram com o meu

acordo com Gunnar, mas ele apenas assentiu e falou no InterCom em seu pulso, coordenando com Lev e oferecendo nossas coordenadas exatas para eles virem depois do transporte. — Traga guardas com vocês, o centro de transporte não é seguro — Disse ele antes de desligar.

Nós éramos os únicos aqui, mas havia um homem morto fora do centro de transporte para provar que o mal estava à espreita.

— Estimo vinte minutos até a chegada deles — Disse Erik.

Tínhamos percorrido uma longa distância rastreando Sophia, mas nos viramos várias vezes e terminamos paralelos à estação de transporte. Com as coordenadas com antecedência, os outros seguiriam a rota direta que não tínhamos seguido.

— Nossa parceira, acredito que ela será infernal — Comentou Gunnar, verificando as unhas.

Erik franziu a testa e eu andei alguns passos na direção oposta para observar a trilha atrás de nós. — Ah? Ela era linda na imagem dos testes, não difícil — Rebati. — Seu cabelo parecia macio ao toque. A pele dela é macia. Mal posso esperar para encontrá-la, difícil ou não.

— Não difícil — Esclareceu Gunnar. — Infernal. Corajosa. Feroz. Determinada. Apaixonada. Se ela corresponder a nós, não será mansa. — Ele resmungou. — Não a quero mansa.

Não, eu sabia que ele não queria. No entanto, submissa era bem diferente. — Duvido que ela seja mansa, Gunnar. Ela foi condenada por contrabando, afinal. Nossa dama é uma pirata.

Erik riu. — Isso sim. De acordo com seu perfil, ela estava muito ocupada violando as leis da Terra antes de ser transportada. Mal posso esperar para sentir todo aquele fogo rebelde cavalgando meu pau.

Gunnar levantou uma sobrancelha. — O passado dela é irrelevante. Ela é nossa agora. Se ela acredita que pode se safar dessa rebelião aqui, ganhará um lugar no meu joelho.

O humor de Erik explodiu em discurso rápido. — Você vai dar umas palmadas nela, independentemente, Gunnar. — Ele ergueu a arma e o cano descansou no ombro, apontando para o céu.

Gunnar sorriu para mim. — Não. Bater em sua linda bunda será o prazer de Erik.

Caralho. Meu pau ficou duro só de pensar. Eu esperava que ela se comportasse mal, nos desafiasse. Frequentemente. Eu sabia que Erik acariciaria sua bunda nua e mergulharia seus dedos em sua boceta molhada enquanto ele fazia seu traseiro queimar. Se eu tivesse sorte, ela teria a boca em volta do meu pau enquanto ele fazia isso.

Fiquei olhando para Erik por um momento antes de rir. — Bem, desde que ela foi emparelhada a nós três, sem dúvida ela vai querer tanto quanto ele. — E ela iria gostar que minhas palavras sujas enchessem seus ouvidos enquanto ele fazia isso, enquanto a tomamos, a fodemos, a preenchemos e a tornamos nossa para sempre.

— Se ela for parecida com a rainha, será perfeita — Eu disse, e decidi manter minha vigília, mas de uma posição confortável. Recostei-me em uma árvore a alguns metros de Gunnar e cruzei os tornozelos.

Erik olhou para mim como se eu fosse louco. Talvez eu estivesse, já que estava desesperado para colocar Sophia em meus braços e transar com ela, exatamente como o sonho que tive durante os protocolos de emparelhamento. E outros mais.

Gunnar amava estar no controle. Erik amava a disciplina pública e tinha uma obsessão particular por traseiro feminino. Eu? Eu queria me importar com a nossa pequena parceira. Queria a cabeça dela emaranhada com nossos paus como seu coração. A essência do vínculo em nosso sêmen garantiria que ela nos quisesse, precisasse de nosso toque. Mas aquilo não era suficiente para mim. Queria mais. Queria a mente dela, bem como seu corpo.

Percebendo a confusão no rosto de Erik, levantei meu olhar para o alto da árvore, assim como Gunnar tinha feito comigo.

— Vocês do Setor Um adoram mostrar suas parceiras. Não, Erik? Você provavelmente quer levá-la nua pelos pátios, ajoelhá-la, dar umas palmadas nela e transar com ela com todos da Viken Unida assistindo — Falei.

Erik olhou para Gunnar, ainda à vontade na base da árvore. Demorou alguns segundos, mas ele entendeu. Suspirou. — Deuses, sim. Nua, ela acordará sob nossas mãos enquanto uma multidão se reúne para admirar seu corpo. Seus mamilos se apertam em pedrinhas duras e sua boceta chorando de desejo enquanto Gunnar lhe segura as mãos atrás das costas. Rolf, você terá a cabeça entre as coxas dela, saboreando toda aquela doçura. Vou enfeitar seus mamilos com grampos, com pequenas joias penduradas neles. Você vai falar com ela até que ela implore, mas ela vai esperar a permissão para gozar.

Gunnar grunhiu com aprovação, sua mão livre ajustando a grande protuberância em sua calça. — Vou me certificar de que ela esteja envolta em prazer antes que eu a deixe gozar.

Erik concordou. — E quando ela o fizer, vou encher sua bunda com meu pau.

Gunnar grunhiu com a história de Erik. Meu pau endureceu com o pensamento de colocar minha boca em sua boceta perfeita.

— Ela pode gozar com a boca de Rolf em sua boceta — Acrescentou Gunnar. — Mas um orgasmo não será suficiente para a nossa parceira. Sabemos que ela precisa de mais. Um homem só não vai excitar seu corpo conforme ela precisa. Não, ela precisará de todos nós.

Erik ajeitou seu pau na calça. — Nossa parceira vai adorar quando a possuirmos.

— Em todos os lugares — Acrescentei. Olhei para Gunnar, que parecia quase dormindo, ele estava tão relaxado. Eu sabia que era um ato, destinado a acalmar nossa parceira assustada.

— E todo mundo verá como ela é linda, como responde aos seus parceiros, como ela goza quando nós comandamos. Todos terão inveja de nós — Acrescentou Erik. O homem era exibicionista e exibiria Sophia, provocando todos os guerreiros da Viken Unida e qualquer outro lugar, com o que eles não podiam ter. Ele *exibiria*, mas não *compartilharia*.

— E quanto ao poder do nosso sêmen? — Perguntei. — Nenhuma mulher Viken pode se relacionar com três homens.

Gunnar balançou a cabeça. — Não. Uma mulher Viken não faria isso. Mas Sophia é humana, como nossa rainha. Ela é nossa. E como nossa rainha, ela aceitará o sêmen de nós três. Estará ligada a nós três.

— Deuses, ela será insaciável — Acrescentei.

— Não vou reclamar se ela não conseguir tirar as mãos de mim — Acrescentou Erik.

— Nem eu — Disse Gunnar.

Estava ficando muito doloroso continuar essa linha de conversa. Tudo o que eu queria fazer era puxar meu pau e me masturbar. Mas guardaria meu sêmen, meu orgasmo para quando estivesse no fundo da boceta de Sophia. Meu prazer pertencia a ela, assim como o dela faria comigo. Para nós três.

Neste momento, ouvimos vozes chamando nossos nomes.

Eles não estavam sendo furtivos, seus passos pesados e a vegetação rasteira farfalhavam enquanto se moviam.

— Por aqui! — Gunnar chamou, levantando-se.

Logo, Lev e Leah estavam diante de nós, cercados por uma meia dúzia de Guardas Reais vestidos como nós, em uniforme militar completo com faixas vermelhas ao redor dos braços para significar seu serviço a Viken Unida, aos nossos três Reis e a sua amada parceira e filha.

Curvama-nos, mas Leah não estava na mentalidade de rainha, mas de uma mulher impaciente.

— Onde ela está? — Ela perguntou. — Ela está machucada?

— Não sei a condição dela, minha Rainha. Suspeito que ela esteja aterrorizada e não teria descido sem você aqui, uma amiga da Terra, para tranquilizá-la. — Gunnar apontou para cima e a cabeça de todos se levantou. Evitei mesmo olhar naquela direção por medo de Sophia saber que ela havia sido descoberta e entrar em pânico.

Leah apertou os olhos por um momento, depois ofegou. — Sophia? Oh, querida, o que você está fazendo aí em cima?

Nós só conseguimos ver o lado do rosto de nossa parceira, o resto dela escondido atrás do enorme tronco da árvore. Pânico com o pensamento de ela caindo de tal altura me fez dar um passo mais perto da base. Fiquei feliz por não ter olhado para cima antes, caso contrário, teria escalado a árvore e a salvado.

Os cabelos eram longos e dourados e os olhos arregalados e medrosos. Em somente sua roupa de baixo, sua pele era cremosa e suave, como a da Rainha Leah. E ela era pequena. Tão pequena. Como ela lutou contra o homem morto... e venceu?

Gunnar estava certo. Nossa parceira estava longe de ser mansa. E ela não parecia impressionada com o pequeno exército de guerreiros Viken abaixo dela. Leah era a única mulher entre nós, a única em que nossa parceira poderia confiar.

5

Rolf

Sophia não se mexeu, nem sequer piscou quando a rainha gritou na árvore.

— Escute, Sophia. Sei que você é de Nova York. Antonelli? Italiano, não? Eu sou Leah Adams, de Miami. Também sou da Terra. Eu me afastei de cheeseburgers e TV ruim para vir para cá. Na verdade, tinha um noivo idiota abusivo e controlador. Talvez a Guardiã Egara tenha me mencionado depois do seu teste? Fui a primeira parceira de Viken e consegui os três Reis. Eles são trigêmeos idênticos. — Ela inclinou a cabeça para Lev. — Eles são todos gostosos como ele.

Ela fez uma pausa, deixou as palavras penetrarem. Sophia não respondeu. Leah deu um passo à frente e estendeu as mãos para os lados, implorando para nossa parceira descer.

— Seus parceiros estão aqui. Eles estavam surtando por você. Te encontraram e estão sentados aqui, te protegendo. Esperando eu te apresentar. Não tenha medo deles. Eles são os mocinhos, eu prometo. Você pode descer agora. Eles vão te proteger. Não importa o que aconteceu após o seu transporte, você está segura. Gunnar, Erik e Rolf são seus parceiros escolhidos.

Mudei de lugar para ficar ao lado de Gunnar e Erik, para que Sophia pudesse nos ver juntos.

— Sim, eles são grandes brutamontes — Leah continuou, soltando uma risada. — Mas são seus. Eles não vão te machucar. Certo, pessoal?

Assentimos em uníssono e assistimos Leah dar a volta no tronco. Sophia estava sentada, seus dedos segurando a casca áspera. Ela olhou para cada um de nós, por sua vez, e meu pau ficou duro quando ela olhou nos meus olhos pela primeira vez. Vi saudade e medo. Seu olhar permaneceu nos longos cabelos castanhos de Erik antes de passar para Gunnar.

Ela congelou e seus olhos se arregalaram, ficando mais sombrios, mas não com medo. Já vi muitas mulheres reagirem a Gunnar exatamente da mesma maneira. Com tesão.

— Desça, querida. Prometo a você, está segura agora — Leah insistiu, sua voz suave.

Gunnar me entregou seu blaster de íons, deu um passo à frente e estendeu a mão para a nossa parceira. — Desça agora, Sophia. Você está segura. Sou Gunnar, seu parceiro. E eu te dou meu juramento solene, ninguém mais vai te machucarei.

Nós esperamos. Impacientemente.

— Eu... não posso. — A voz de Sophia era suave, tímida. Cansada. O pequeno som fez meu coração apertar no meu peito.

— Eles não vão te machucar — Leah repetiu. — Ninguém aqui vai te machucar. Se conheço seus parceiros, ninguém vai machucá-la novamente.

Ouvi Gunnar grunhir.

— Não tenho medo de vocês, pelo menos não mais — Sophia continuou, e ela olhou para o rosto virado de Gunnar. — Não consigo descer. Meus músculos estão congelados e rígidos. Eu vou cair.

Eu não esperei, mas caminhei até a base da árvore e comecei a subir. Os olhos de Sophia se arregalaram quanto mais perto eu chegava dela, mas ela não se mexeu. Quando eu estava em um galho mais baixo e estávamos ao nível dos olhos um do outro, sorri.

— Olá, linda. Eu sou Rolf, seu parceiro.

Ela deu um sorriso tímido. Deuses, ela era adorável. Assim, vi que o cabelo dela era na verdade uma mistura de cores, mechas marrons e vermelhas claras misturadas com a massa loura. Sua pele era macia e cremosa, as ondas de seus seios visíveis sob a fina roupa de baixo que usava. Seus lábios eram de um rosa pálido e seus suaves olhos castanhos olhavam para mim com uma solidão gritante que eu entendi muito bem. Quando estendi minha mão, ela colocou a menor na minha e esse leve toque me fez queimar para prová-la, envolvê-la em meus braços e mantê-la segura do mundo. O calor, a *conexão*, a fez encontrar meu olhar, olhos arregalados.

Assentindo uma vez, talvez dizendo a ela que eu também sentia, olhei para os outros, uns bons seis metros abaixo. Não era à toa que ela estava assustada. Ela era uma coisinha pequena e tinha uma multidão de homens grandes embaixo dela. E um longo caminho para cair.

— Você já teve demais para um dia. O que me diz, eu ajudo você nesta árvore e vamos longe, muito longe daqui? Onde há banho e comida. Algumas roupas limpas. Gunnar e Erik também querem conhecer você. — Eu era o calmo de nós três. Nunca tinha apreciado esse manto antes, mas agora, fiquei emocionado. Eu seria o único a convencer nossa parceira em meus braços, em nossa proteção, de uma vez por todas.

— Tudo bem.

Sua mão era tão pequena na minha, que eu mal podia esperar para descobrir o que sentiria pressionando seu corpo no meu, provando-a. Enfiando meu pau em seu núcleo ansioso e ouvindo seus gritos suaves de prazer.

Primeiro, eu tinha que vê-la segura. Normalmente, todo mundo cuidava dos grandes problemas. Eu era o alegre. Brincalhão, inserindo humor em situações desoladas. Claro que nem sempre fui tão otimista. Inferno, essa brincadeira divertida escondia a maldita dor que eu carregava. Mas isso, Sophia era maior do que uma mágoa estúpida do meu passado. Maior que minha mãe e meu irmão, a dor que eles me causaram. O que escondia atrás de um sorriso rápido e uma piada.

Mas nossa parceira foi forçada a se defender, na floresta. Ela se escondeu de nós como se fôssemos um perigo para ela. E agora, usei meu sorriso rápido e tom suave para não esconder nada, mas para aliviar suas preocupações. Eu estava mostrando a ela o meu verdadeiro eu, porque, diabos, ela era minha.

Pedi que ela se aproximasse o suficiente para que eu pudesse pegá-la em meus braços. Ela era macia e quente e tão pequena que eu não queria deixá-la cair. Mas eu não conseguia pular dessa altura segurando-a, então, tive que colocá-la de pé ao meu lado. Desci galho por galho, segurando a mão dela enquanto ela me seguia.

Erik se aproximou e ele estendeu as mãos. — Pule, Sophia. Eu vou pegar você.

Ela estava diretamente acima dele, não mais do que alguns metros. Ela estendeu as mãos e virou-se para ele, depois pulou. Ele a pegou facilmente e ela estava em seu aperto forte. Erik não a deixou cair.

Abaixei-me no chão macio da floresta e suspirei, aliviado por saber que tínhamos nossa parceira de uma vez por todas. Sophia enterrou o rosto no pescoço de Erik, quase desaparecendo. Ele se deleitou com o abraço, apertando-a o mais forte que podia sem machucá-la, depois, beijando o topo de sua cabeça.

— Bem-vinda a Viken, Sophia — Disse Leah.

Nossa parceira virou a cabeça e ofereceu à rainha um sorriso fraco. — Sim, bem, foi péssimo até agora — Ela murmurou. — E pensei que Nova York era ruim.

Leah riu. — Tenho certeza de que seus parceiros vão compensar você. — Ela balançou as sobrancelhas para Sophia, que corou um belo tom de rosa. Confusa, inclinei minha cabeça para a nossa rainha, sem saber se havia entendido o tom sugestivo dela.

— Leah, comporte-se — Lev ordenou à sua paceira, mas a rainha jogou a cabeça para trás e riu, o som cheio de felicidade contagiosa. O sorriso de Sophia era genuíno agora. Até Lev, nosso rei de rosto severo, sorriu para sua alegre parceira.

Mas quando Gunnar se aproximou, os olhos de Sophia se arregalaram e ela se afastou, tentando escapar dos braços de Erik. Quando ele se recusou a deixá-la ir, ela se virou, escondendo o rosto. — Não. Ele não. Se você é meu parceiro, não deixe que ele me toque. Eu... não confio nele. Você não pode confiar nele.

O clima do grupo mudou então. Parados. Até os animais na floresta pareciam sentir alguma coisa e estavam calados. Erik lançou um olhar confuso para Gunnar sobre a cabeça de Sophia. — Amor, Gunnar pode ser um pouco sombrio e definitivamente intimidador, mas eu juro, ele não irá machucá-la.

Ela balançou a cabeça em recusa. — Não. Ele enganou todos vocês.

Pisei na frente de Gunnar e acariciei os cabelos de Sophia. — Olhe para mim, parceira. — Esperei pacientemente quando ela virou a cabeça e seu olhar escuro e preocupado encontrou o meu.

— Por que você está com tanto medo? Eu lutei ao lado de Gunnar em muitas batalhas, confiei nele com a minha vida. Ele é um guerreiro honrado e parceiro digno. Ele é forte e irá protegê-la com a vida dele. Se ele fosse qualquer coisa menos, o Rei Lev não permitiria sua parceira, a Rainha de Viken, em sua presença. *Eu* não permitiria que você estivesse perto dele.

Gunnar era exatamente como Erik disse. Intimidador. Mudando rapidamente de humor. Ele não demonstrava suas emoções, mas eu sabia que a rejeição de Sophia estava cobrando um preço.

— O homem que me atacou tinha a mesma tatuagem — Ela murmurou. — Ele é um cara mau, trabalhando para eles. Ele enganou todos vocês.

— Tatuagem? — Lev perguntou.

Leah cruzou os braços e fez uma careta na direção de Gunnar. — Uma tatuagem é um termo da Terra para uma marca gravada permanentemente na pele com tinta — Ela esclareceu. — Às vezes são uma escolha pessoal, arte corporal. Os soldados da Terra as usam para se identificar com um determinado ramo de serviço. Mas muitos criminosos e gangues usam tatuagens para se identificar também. — Leah olhou para Lev. — Você usa tatuagens para indicar serviço militar? Ou fileiras? Algo assim?

— Não, parceira, não usamos. — Lev empurrou a rainha atrás dele, protegendo-a de Gunnar.

Os guardas que haviam acompanhado o Rei e a Rainha se aproximaram de Gunnar, erguendo suas armas para mantê-lo afastado. Olhei para Erik, confuso. O que diabos estava acontecendo aqui?

Coloquei-me entre Gunnar e o guarda mais próximo, minhas mãos no ar. — Alto lá. Todo mundo calmo até resolvermos isso. Confio em Gunnar com a minha vida. Tem que haver algum tipo de erro.

A mão de Gunnar parou no meu ombro e ele apertou em gratidão. — Obrigado, Rolf. Mas quero saber o que assusta nossa parceira.

— Que tatuagem, Sophia? Onde fica em Gunnar? — Leah perguntou.

Eu saí do caminho para que ela pudesse ver nosso amigo, parceiro dela. Ela apontou. — Está na parte interna do pulso dele.

Gunnar olhou para baixo, depois, levantou a manga. — Esta é a única marca que tenho.

Os olhos de Sophia se arregalaram em óbvio medo e desconfiança. — Sim, é isso. A serpente de três cabeças.

— O homem que você matou tinha essa marca, Sophia? — Gunnar perguntou, sua voz calma, mas direto.

Ela balançou a cabeça. — Não. Ele não. O outro.

Erik se inclinou, seus lábios perto do ouvido de Sophia enquanto a segurava. — Qual outro?

Sophia empurrou os braços de Erik, que finalmente cedeu e a soltou. Ela deu um passo à frente. Tremendo, ela estendeu a mão para Gunnar. Ele olhou para ela por um momento, antes de levantar o pulso marcado para ela.

Ela colocou as mãos em volta do pulso dele e virou a marca para cima, traçando o contorno com o dedo.

Gunnar fechou os olhos e eu testemunhei o arrepio que passou por seu corpo ao seu primeiro toque gentil. Eu entendi como ele se sentia.

— O homem que matei era um subalterno, nada mais — Disse ela. Ela tinha toda a nossa atenção. O rei, a rainha, os guardas estavam todos prestando atenção. Mas não pela razão que eu esperava, comemorando a chegada de nossa parceira, mas porque ela estava falando do mal. Um mal que espreitava em Viken, sobre o qual ela não sabia nada, mas havia sido transportada diretamente para ele. — O homem com esta marca estava com raiva e ordenou que o transportador me matasse.

— Por quê? — Gunnar perguntou, seu olhar queimando Sophia com luxúria bruta enquanto ela continuava segurando seu pulso. Ela não tinha consciência da necessidade dele por ela. Tentei dar um passo à frente, intervir no interrogatório, mas Lev levantou a mão, me parando. Os Guardas Reais que acompanhavam a rainha estavam em volta de Gunnar em um círculo solto, todos os seus lasers de íons apontados para a cabeça de Gunnar, esperando por um comando.

O perigo e o toque de sua parceira pareciam aumentar o desejo de Gunnar. Bastardo louco. Balançando a cabeça, dei um passo para trás para ficar ao lado de Erik e assistir os eventos se desenrolarem. Eu não tinha dúvida de que Gunnar era inocente. Ele era meu companheiro de batalhas. Confiei minha vida a ele em mais de uma ocasião. Eu confiaria nossa parceira a ele agora.

O olhar de Sophia parecia distante, como se estivesse entrando em choque. — Ele estava com raiva. Queria a rainha e o bebê. Não eu. Ele trabalhava para alguém na Cidade Central. Esse lugar é aqui? Quando ele percebeu o erro deles, que eu fui enviada por engano, ordenou que seu empregado que o transportasse de volta à cidade. E então, me matasse.

— E esse homem de quem você fala, tinha uma marca como a minha? — Gunnar perguntou.

Ela levantou o rosto para encontrar o olhar dele. — Sim. O que isso significa?

Lev pigarreou. — Gostaria de uma resposta para essa pergunta também.

Os guardas ao redor de Gunnar se mexeram, apertando o anel em volta do meu amigo.

Gunnar sustentou o olhar de Sophia quando ele a respondeu: — Esta é a marca de um mestre dominante no Clube Trinity, na Cidade Central.

A Rainha Leah ofegou. Clube Trinity?

Lev riu. — Ah, sim. Pensei que já tinha visto essa marca antes. — Lev olhou para Gunnar enquanto Leah dava um tapa brincalhão no ombro dele.

— Claro que sim — Disse ela, revirando os olhos.

Lev segurou a mão dela e a segurou contra o peito. — Quantos mestres existem?

Gunnar balançou a cabeça. — Não vou lá há doze anos. Mas não acredito que o clube tenha mudado muito.

— Está lá há trezentos anos — Disse Lev.

— Exatamente — Gunnar concordou. — E em todos esses anos, nunca houve mais de duzentos mestres de uma só vez.

— Duzentos. Eu esperava um número menor de alvos em potencial. — Lev puxou Leah para seus braços, mas falou com os guardas. — Está tudo bem, homens. Abaixem suas armas.

Sophia olhou em volta descontroladamente enquanto sua proteção desaparecia. Lentamente, Gunnar a puxou para frente até que ela foi pressionada contra seu peito. Ela não lutou com ele. — Por minha honra, parceira, juro que matarei o homem que ousou machucá-la.

— Mas...? — Sophia virou a cabeça para olhar para Leah com uma pergunta nos olhos.

Leah deu de ombros. — Essa tatuagem é de um clube de sexo na Cidade Central.

— Clube de sexo? — Vi os olhos de Sophia se arregalarem e suas bochechas ficarem um lindo tom de rosa. Ela pode ter se surpreendido com a notícia, mas não tinha medo. Não, nossa parceira estava intrigada...

— Esse clube não tem nada a ver com os homens que estão tentando me matar — Leah insistiu.

— Por que não? Como você sabe? — Sophia perguntou.

— A tatuagem pode nos ajudar a encontrar o homem que você viu, mas não nos ajuda a encontrar o líder do SSV — Respondeu Leah, apesar de a expressão de Sophia mostrar que a resposta de Leah não esclarecia muito. — A marca também não é considerada um reflexo ruim sobre Gunnar.

— Você é minha agora, Sophia. — As palavras de Gunnar fizeram Sophia se virar para encará-lo.

— O que é SSV e por que eles querem Leah morta? — Ela fez uma careta. — Eu não entendo.

— Não se preocupe. Você entenderá. — Gunnar abaixou a boca e reivindicou os lábios de Sophia em uma exibição de propriedade flagrante que me fez doer e dar um passo à frente e me juntar a eles.

SOPHIA

O beijo de Gunnar me fez queimar. Mesmo agora, três horas depois, eu podia provar seus lábios nos meus, sentir a força de seus braços enquanto ele me segurava presa em seu abraço.

Eu deveria ter gritado ou chutado ou algo assim. Qualquer coisa, menos o que eu fiz. Fiquei derretida em seus braços como uma tola fraca e abri minha boca para sua conquista.

E agora? Agora, eu estava em algum tipo de Palácio Real, cercada por mais criados do que a rainha da Inglaterra. Pelo menos vinte mulheres estavam no quarto. Algumas limpavam, outras decoravam com flores e velas até o quarto parecer um conto de fadas em construção. Fui banhada e alimentada, massageada e penteada. Meu cabelo estava em um conjunto elaborado de tranças e bobinas arranjadas com lindas flores alaranjadas. Os panos que usara foram substituídos por um vestido longo e bonito da cor de cobre polido. Envolvia o meu corpo, abraçando cada curva como se tivesse sido feito para mim.

Eu parecia uma princesa. Mas as borboletas no meu estômago não paravam de bater. E quando as empregadas começaram a desaparecer, uma a uma, minha ansiedade invadiu minha garganta.

Sabia o que estava por vir. Meus três parceiros, que estavam ansiosos para me reivindicar. Essas mulheres estavam me deixando perfumada e perfeita para eles.

Para eles tomarem posse.

Três parceiros. Desesperadoramente ao mesmo tempo.

Puta merda. Em que eu me meti?

Mesmo quando o pensamento passou pelo meu

corpo com um arrepio de pânico, minha boceta ficou molhada, meus seios, pesados. Lembranças do centro de processamento de noivas giravam em minha mente, mas desta vez, eu tinha nomes e rostos para colocar nos homens me tocando, me fodendo, me trazendo prazer.

Fui emparelhada com os três. Era algo inédito na Terra. Claro, havia trios em *ménages* – ou quartetos – mas isso era apenas sexo. Um item da lista para marcar. Eu nem tinha encontrado um homem que gostasse o suficiente para ficar na Terra. Mas três? Para sempre?

Eu ficava pensando nisso, repetidas vezes, como as mulheres haviam trabalhado em mim como se fosse uma criança pequena vestida para uma festa.

Sem dúvida, cada um dos meus parceiros fazia minha respiração parar e meu pulso acelerar. Eles eram enormes, belos guerreiros. E logo, toda a atenção deles estaria em mim.

Eu havia sobrevivido aos Corellis. Sobrevivi à confusão de transporte e um imbecil vinte centímetros mais alto e cinquenta quilos mais pesado tentando me matar. Poderia sobreviver ao sexo selvagem de três guerreiros Vikens que adoravam meu corpo, que não queriam nada além de conquistar meu coração e me dar prazer.

Supondo que isso era realmente o que eles queriam. Com Rolf e Erik, eu estava bastante confiante. Mas Gunnar me assustava em um nível fundamental que não podia explicar. Ele me deixava nervosa e insegura. E não era apenas a tatuagem no pulso dele. Não, era o jeito que ele me observava, o jeito que seu olhar se fixava em mim como o de um predador, com foco total.

Ele olhou para mim como se fosse meu dono, como se pudesse fazer o que quisesse com meu corpo. E por mais que aquilo me assustasse, também me excitava. Eu tinha medo dele, mas ainda mais medo de mim mesma. Porque depois daquele beijo, não tinha certeza se seria capaz de recusar qualquer coisa dele. Nada mesmo. Nem tinha certeza de que queria.

Sozinha no meu quarto, caminhei até a varanda com vista para os jardins reais abaixo. Leah havia explicado que aquela era a fortaleza real de Viken Unida, uma fortaleza da ilha diretamente de um conto medieval de cavaleiros e belas donzelas. O castelo era enorme, e este quarto e a suíte de apartamentos anexada a ele agora eram meus. Para sempre.

Leah me garantiu, mesmo que eu escolhesse não aceitar meus parceiros, se eu rejeitasse a colocação e escolhesse outra, este lugar seria meu enquanto eu morasse em Viken.

E como não havia como voltar à Terra, para sempre, essa garantia me acalmou mais do que eu pensava ser possível.

Ter a rainha de um planeta inteiro ao meu lado estava provando ser muito bom. As garotas da Terra se apoiavam, mesmo que não estivéssemos na Terra.

Fui até o parapeito alto e apoiei meus braços na beira. Abaixo de mim, vastos jardins se espalhavam no centro do pátio do castelo. Completamente cercado pelos quatro lados, os jardins eram o santuário da rainha. Árvores e flores semelhantes às que tinha visto na floresta se estendiam abaixo. Eu estava no quarto andar e podia traçar as muitas trilhas e locais de encontro lá embaixo. Não era o Central Park, mas era mais do que grande o suficiente para passear por horas. Escapar.

Eu os senti antes de ouvi-los, a presença deles atrás de mim enviando um arrepio na espinha.

Respirando fundo, virei-me, colocando as costas no

parapeito, e inspecionei os três homens que agora eram meus diante de mim. Grandes, bem grandes.

Rolf, com seus cabelos dourados e um sorriso fácil, encostou-se ao batente da porta, vestindo calças apertadas e couro verde-escuro com peles alinhadas na capa para combinar. Seu peito estava nu, coberto apenas com o couro da bainha da espada, onde estava pendurada nas costas. Cada músculo de sua estrutura magra tão bem definido que eu podia rastreá-los com a língua. Sua calça pendia baixa nos quadris e seu abdômen tanquinho, o contorno da ereção logo abaixo que me fez ofegar e desviei o olhar.

Ao lado dele estava Erik, seus longos cabelos castanhos soltos caídos em volta dos ombros como um deus de estrela do rock. Ele usava uma roupa semelhante, mas um marrom escuro chocolate. Ele também estava de peito nu e magnífico. Mais forte que Rolf, seu peito e ombros eram largos e musculosos, enormes. Rapidamente, lembrei-me da sensação de ter sido pressionada por ele na floresta quando ele me segurou. Ainda podia sentir o cheiro de sua pele, onde pressionei meu nariz em seu pescoço e o respirei.

Tremendo agora, virei-me para Gunnar, que estava com a cabeça inclinada e os braços cruzados. Ele vestia preto. Claro, ele estava de preto. A cor escura combinava com seus cabelos e olhos escuros, mas, ao contrário dos outros, ele não usava capa. Seu peito e ombros estavam nus. Tiras grossas de couro circundavam seus pulsos e braços, tiras que pareciam não ter propósito, mas de alguma forma o tornavam ainda mais viril.

Rolf deu um passo à frente primeiro, estendendo a mão. — Você está pronta, amor?

Balancei minha cabeça e tentei dar um passo para

trás, mas não tinha para onde ir. — Não exatamente. Vocês três são um pouco intimidadores, ao mesmo tempo. Sou apenas uma negociante de arte da cidade de Nova York. Viken é um pouco... esmagador. Como vocês.

Gunnar assentiu. — Claro que somos. Esse é o nosso trabalho, ser intimidador. Para todos, menos para você. — Ele apontou para Erik. — Você, lá dentro. Rolf, deixe-nos saber quando ela estiver pronta.

Gunnar e Erik desapareceram de volta para o meu quarto e dei um suspiro de alívio, até que Rolf se adiantou e colocou os braços em cada lado meu, me prendendo no lugar.

Ele se inclinou até estar ao nível dos meus olhos, e eu não pude fazer nada além de encarar seu olhar pálido. Onde Gunnar provavelmente me prenderia com corda ou restrições, Rolf não precisava disso. Ele só precisava olhar para mim e eu ficava encantada.

— Quero te beijar, Sophia. Estou queimando de inveja pelo beijo de Gunnar há horas.

Aquilo me fez rir, acalmou meus nervos. De alguma forma, apenas algumas palavras dele me deixaram à vontade. Me fazia sentir bonita e desejada. Lambi meus lábios em antecipação quando ele abaixou os dele nos meus.

O beijo não era nada como o domínio instantâneo de Gunnar. Este beijo persuadia e explorava. Onde Gunnar era agressivo, duro, Rolf era gentil e reverente. Eu derreti. Meus nervos cederam quando passei meus braços ao redor de sua cintura e o beijei de volta. Ele deu um passo à frente, fechou o pequeno espaço entre nós e me pressionou na grade. Não havia como escapar dele, não que eu quisesse. As atenções de Rolf foram feitas para me acalmar, para me facilitar na reivindicação. Ele era as preliminares para o que estava por vir.

A conexão com Rolf me deixou à vontade, apagou todos os meus medos, todas as minhas preocupações. Eu não tinha ideia do que fazer com três homens, mas eles pareciam saber o que fazer comigo. Eu pertencia a eles e poderia ser facilmente dominada por todos eles, mas eles sabiam que eu precisava de espaço, precisava de persuasão. E com apenas um beijo, eu recebi.

Mas tão rapidamente, saber que Gunnar e Erik assistiam me deixou ansiosa para provocá-los. Eu me senti poderosa e muito feminina. E, então, quando Rolf se afastou, eu assenti.

Eu estava pronta.

Rolf levantou um pedaço preto de seda. — Isto é para os seus olhos, amor.

Busquei por ar, tão excitada com a ideia de ter aquele tecido grosso sobre meus olhos, minhas mãos tremiam. — Por quê?

Ele se inclinou e acariciou meu pescoço primeiro, depois, meu ouvido. Inclinei minha cabeça para lhe dar melhor acesso. — Porque Gunnar disse.

Mordi meu lábio, lutando contra o pulso vazio do meu núcleo com suas palavras duras.

Porque Gunnar disse.

— Você sempre faz o que Gunnar diz? — Sussurrei, olhando a venda.

Ele riu, seus lábios traçando a linha do meu queixo. — Não. Mas quando se trata de você, parceira, Erik e eu estamos contentes em dar a Gunnar o que ele quer.

— E o que ele quer?

Gunnar saiu para a varanda.

— Você gritando de prazer — Disse ele. Sua voz era

sombria, sua posição, dominante, mas o olhar em seus olhos era terno. Quente.

Engoli em seco com a intensidade.

— Você nos quer, Sophia?

Assenti imediatamente. Ansiava por mais do que apenas um beijo. E depois do inferno que passei nas últimas horas, diabos, nos últimos meses, estava mais do que pronta para esquecer tudo, menos o prazer. Ainda mais, precisava sentir conexão com outra pessoa, estar ancorada. Eu me senti como um pedaço de madeira no mar por tanto tempo agora, desde a morte de minha mãe. Eu não tinha família imediata, nenhum negócio, ninguém para amar.

Lágrimas brotaram nos meus olhos e desviei o olhar do homem me olhando com foco total. Mas Rolf não caiu nessa. Ele levantou a mão na minha bochecha e me virou de volta para encará-lo. — Por que as lágrimas? Você está com medo, amor? Por favor, não tenha medo. Nunca te machucaremos.

— Eu sei. — Eu tentei sorrir, mas sabia que o esforço foi desperdiçado quando seus olhos verdes pálidos escureceram de preocupação.

— Fale comigo, Sophia. Sou seu agora. Diga-me o que a incomoda.

Sou seu agora. A finalidade, o compromisso em suas palavras me chocaram profundamente, de uma maneira que eu não havia previsto. Balancei minha cabeça, incapaz de expressar a explosão de emoção brotando por dentro. Tenho estado sozinha há tanto tempo. Eu me inclinei em sua mão e o deixei enxugar minha lágrima com a ponta do polegar. — É estúpido, Rolf. Só estou há muito tempo sozinha.

— Sozinha? — Ele perguntou.

— Minha mãe ficou doente, os Corellis me obrigaram a trabalhar para eles. Minha mãe morreu. Meu trabalho como negociante de arte passou de algo que eu amava para algo que odiava. Isso acabou me mandando para a cadeia. Sozinha — Repeti.

— Bem, agora você tem três parceiros muito protetores, dominantes e obsessivos. Você pode querer ficar sozinha novamente em breve. — Ele falou em tom de brincadeira, mas havia uma dor distante em seus olhos que eu exploraria mais tarde. Agora, eu só queria quebrar o fio de tensão que vinha construindo dentro de mim há dias. Esperando. Esperando. Esperando. Eu estava tão desesperadamente cansada de esperar, de ficar sozinha.

— Estou pronta, Rolf. Diga a eles que estou pronta. — Inferno, sim, eu estava pronta. Pronta para ser tocada e guardada. Pronta para acreditar que nunca mais estaria sozinha. Mesmo que eles não me amassem, eles me queriam. Eles me protegeriam e me fariam queimar de desejo. Por enquanto, isso bastava. Precisava esquecer tudo sobre a Terra, os macacões laranja, a máfia e os idiotas tentando me matar.

— Você tem certeza?

Assenti e chupei seu polegar na minha boca antes de correr minha língua ao longo da ponta. — Não quero mais pensar, Rolf. Eu só quero sentir.

Rolf me beijou com força e rapidez antes de me virar para encarar a porta vazia atrás da qual eu sabia que meus outros dois parceiros observavam e esperavam. Meus mamilos se retesaram sob o vestido e empurrei meu peito quando o calor do peito de Rolf aqueceu minhas costas. Ele levantou a venda sobre meus olhos e permiti que ele a amarrasse. Pisquei algumas vezes, procurando uma ponta de luz. Nada.

Ouvi os outros chegarem quando as mãos de Rolf deslizaram para meus ombros, abaixando as alças do meu vestido pelos braços. Fiquei absolutamente quieta enquanto várias mãos pousavam em mim, começavam a retirar o meu vestido, roçando cada centímetro de pele que eles rapidamente expuseram. Fiquei como a estátua de uma deusa grega e deixei que me adorassem com seus toques. Não queria saber quem estava me tocando. Qual homem beijava ao longo do meu ombro nu. Mão de quem deslizava pela minha espinha. Palma de quem segurava meu seio. Qual boca chupava meu mamilo, quais lábios pareciam beijos fantasmas nas minhas coxas.

Aquilo não importava. Eles estavam todos me tocando.

Eles eram todos *meus*.

6

Erik

— Você é tão linda, Sophia — Murmurei.

Eu teria que agradecer muito mais tarde à atendente pela falta de roupas íntimas, pois, assim que o vestido chegou aos seus pés, ela estava nua para nós.

Gunnar rosnou ao ver toda a sua pele cremosa, suas curvas exuberantes.

— Perfeição — Sussurrou Rolf enquanto segurava seu peito cheio, como se estivesse testando o peso dele.

Com os olhos cobertos, procuramos em seu corpo suas respostas, a maneira como ela arqueou as costas ao toque de Rolf, o suspiro que escapou de seus lábios, o rubor de sua pele pálida.

Ela era nossa. Como é que tivemos dúvidas sobre isso? Sobre ela?

Nós a tocamos gentilmente, com reverência, aprendendo cada centímetro macio e sedoso dela. Enquanto Rolf brincava com seus seios, intumescia seus mamilos, Gunnar caiu de joelhos e acariciou suas pernas bem torneadas, beijou seu quadril e segurou sua bunda exuberante.

Lambi e chupei seu ombro, então, ao longo da linha do pescoço dela, encontrei o ponto ideal atrás da orelha que a fez suspirar. Quando a senti pulsando sob meus lábios, meu pau pulsou. Dolorido contra a frente da minha calça, eu abri e puxei meu pau livre. Agarrei a base e acariciei até a ponta, persuadindo uma gota escorregadia da minha essência para revestir as pontas dos dedos. O tempo todo, eu beijava e mordia sua carne. Levei seu mamilo atrevido na minha boca e chupei a ponta dura profundamente.

Quando senti a umidade reveladora na ponta dos dedos, levantei minha mão para pintar meu sêmen em seu outro mamilo e me inclinei à frente para reivindicar um beijo. Eu era o único a não ter beijado nossa parceira e estava cansado de esperar.

A essência de ligação em meu sêmen atingiu sua corrente sanguínea quando minha língua empurrou profundamente em sua boca. Dei a ela apenas uma dica da minha necessidade. De repente, ela gemeu e... amoleceu. Não havia outra palavra para a maneira como seus músculos relaxaram, sua pele esquentou sob o nosso toque, sua respiração perdeu o ritmo.

Olhei para Rolf por cima do ombro e ele também tinha seu pênis livre. Ele estava circulando seu fluido nas longas e elegantes linhas de seu pescoço, para cima e para baixo sobre seu pulso frenético e eu podia ver como a essência dele se infiltrava em sua pele, seu corpo absorvendo-o como faria uma flor diante da água em um deserto ressecado.

— Oh — Ela ofegou. Com os olhos fechados, ela não sabia que estávamos marcando-a com o nosso pré-sêmen, preparando-a ainda mais para o nosso domínio, com o primeiro gosto do nosso poder de sêmen. A essência da ligação em nosso sêmen alteraria seu corpo em um nível celular, a faria sentir fome pelo nosso toque, como teríamos por dela. O poder do sêmen mantinha os novos casais Vikens unidos nas dificuldades. Mas, como aprendemos com a Rainha Leah, as mulheres da Terra respondiam de uma maneira muito mais agressiva. A rainha tornou-se viciada em seus homens, precisava de atenção constante e realmente sentia dor sem a essência de ligação. Os efeitos mais fortes duravam apenas algumas semanas, e eu tinha pavor antes de ver nossa parceira.

Antes que eu a provasse. Agora, mal podia esperar para passar as próximas semanas sendo solicitado por ela. Se ela precisava ser fodida, acariciada, sentir prazer, eu estava mais do que feliz em concordar.

No Setor Um, onde havia sido criado, era comum os casais recém-emparelhados exibirem sua conexão apaixonada na frente dos outros. Sempre pensei que os homens, com suas reivindicações públicas, tinham perdido a cabeça. Só agora, quando provei o beijo de Sophia, capturei seu gemido suave com minha boca e esfreguei minha essência em sua carne cremosa, que entendi. Eu desejava marchar com ela para o pátio abaixo e fodê-la como um garanhão no cio, forçar todos na fortaleza a ouvi-la gritar de prazer e ver como ela era linda. Prazer que eu lhe dei.

O prazer era meu.

Sophia levantou a mão na minha cabeça e enterrou nos meus cabelos, me abraçando com sua própria demanda. Eu sabia que a outra mão dela havia caído na cabeça de Gunnar, nos lábios tão perto da boceta que logo reivindicaríamos.

Ainda não tocamos em seu núcleo, embora a boca de Gunnar estivesse a poucos centímetros de distância. Ele só precisava mexer a cabeça e conseguir sacudir a língua e lambê-la. Para provar sua excitação, que eu podia ver brilhando em suas coxas.

Os pensamentos de Gunnar eram os mesmos que os meus, pois ele falava enquanto desabotoava sua própria calça e segurava seu pau na mão.

— Sinto o seu desejo, Sophia. Sombrio e almiscarado. Doce também. Quero provar você. Todos nós queremos. Você sente o poder da nossa necessidade?

Com seu próprio pré-sêmen cobrindo os dedos, ele acariciou entre as coxas dela. Da minha posição, eu não conseguia ver mais do que a mão dele desaparecendo, mas quando ela se recostou contra Rolf e gritou, eu sabia que Gunnar estava tocando nela. Mais pré-sêmen fluiu do meu próprio pau ao ver seu grito de boca aberta, sua pele corada.

— É isso, Sophia. Você sente nossa essência em seu sangue?

— Sim. — Ela arqueou as costas e mexeu os quadris em direção a Gunnar. Seu cabelo era curto demais para ela comandar com apenas uma mão. Ela puxou minha cabeça para baixo para outro beijo enquanto Gunnar continuava tocando seu núcleo molhado. As doces palavras de Rolf cobriram todos nós enquanto ele a segurava imóvel por nossa atenção.

— Temos um vínculo tão poderoso que nos conectou em todo universo. Nosso sêmen contém elementos de ligação que farão você desejar nosso toque, parceira. O fogo no seu sangue se espalhará e queimará através de você até que goze por todos os nossos paus, uma e outra vez.

Ela choramingou na minha boca e eu esfreguei mais da minha essência em seu mamilo, beliscando-a quando senti suas pernas desabarem. Rolf a segurou firme, sua voz envolvendo nossa parceira em um casulo sensual enquanto Gunnar e eu trabalhamos seu corpo com as mãos. — Você pode sentir o quanto queremos você. Caralho, o quanto precisamos de você.

Sophia não me soltou, mas levantou a mão da cabeça de Gunnar para passar o braço em volta do pescoço de Rolf.

— Assim que colocarmos nossos paus em você, parceira, encher você com nosso sêmen, a reivindicação estará completa.

Sophia arrancou seus lábios dos meus e implorou: — Por favor.

— Nós lhe daremos o que você quiser — Disse Gunnar, de pé em toda a sua altura, com a mão ainda enterrada em sua boceta. Ele a levantou um pouco com a força da palma da mão pressionada contra o clitóris. Ela choramingou e moveu os quadris, tentando foder a mão dele.

Deuses, ela era tão gostosa que eu tive que dar um passo para trás antes de derramar minha porra como um jovem não experiente.

Olhei para Rolf por cima do ombro. Pude perceber pela maneira como a sobrancelha dele se ergueu que ele também havia notado a força da reação dela. Nós só demos a ela uma amostra de nosso sêmen. O que aconteceria quando a enchêssemos com três paus e de uma só vez?

Gunnar se retirou também, e nossa parceira caiu contra Rolf. Ofegante. Corada. Suas mãos se espalharam para os lados um pouco atrás dela enquanto se apoiava no corrimão para se equilibrar. O pano preto cobria seus olhos e ela esperou, a cada curva em exibição, o subir e descer de seus seios hipnoticamente belos. Eu poderia ficar olhando para eles por horas.

— E agora? — Ela perguntou. Lambeu os lábios e choramingou quando Rolf afastou as mãos e caminhou ao redor dela para se juntar a nós. Ela estava de costas para a grade.

Recuei para que todos pudéssemos olhar para ela, tão excitada e necessitada, desesperada.

— Agora, a fodemos — Gunnar murmurou.

Peguei-a em meus braços e a carreguei para a cama grande, a coloquei no meio. Não demoramos, despidos com uma pressa provocada apenas pela necessidade de nossa parceira.

— Meu pau primeiro, meu amor — Disse Rolf, movendo-se sobre ela.

Ela separou ansiosamente suas coxas por ele, gritou quando ele abaixou o peito contra o dela, colocou a cabeça em suas mãos. Ele a beijou, engolindo seu gemido quando deslizou nela. Sophia arqueou as costas e ergueu os joelhos até os quadris dele quando ele começou a enfiar, entrando e saindo.

Ela arrancou a boca da dele, inclinou a cabeça para o lado, inclinou-a para trás e gritou: — Oh, Deus. Eu preciso... por favor, oh, mais forte.

Gunnar e eu ficamos ao lado da cama, excitando nossos paus, assistindo. Era difícil ser paciente enquanto Rolf a reivindicava. Apesar de não estar com ciúmes dele com Sophia, fodendo-a e enchendo-a com seu sêmen, fiquei frustrado por ele estar dentro dela e não eu.

Rolf fez o que Sophia pediu e a tomou com mais força, colocando uma mão atrás do joelho e levantando-a para que ele pudesse ir ainda mais fundo. O som molhado de seus corpos durante a foda encheu a sala.

— Goza, Sophia — Ordenou Gunnar.

Embora ela ainda não tivesse sido treinada para esperar o comando dele, Sophia fez o que ele mandou. Seu corpo se curvou enquanto ela gritava sua liberação.

— Ela está ordenhando meu pau. Merda — Rolf gemeu. Ele ficou rígido acima dela, mergulhou profundamente uma última vez e gozou. Quando o sêmen dele a encheu, Sophia gritou. Não com dor, mas em uma felicidade orgástica que eu tinha certeza de que ela nunca havia sentido antes. Fizemos o clímax dela com nossas bocas, dedos, brincando e a assistimos quando ela mesma o fez. Ela sentiria o chiado instantâneo da felicidade, mas não seria nada como a liberação quando nosso sêmen a enchesse. O poder disso era tão forte que ela voltaria novamente, apenas por revesti-la por dentro e por fora.

E de nós três, ela estaria completamente viciada. Pelo menos a princípio. E quem se ressentiria disso? Diminuiria a intensidade, mas a necessidade dela por nós – assim como tínhamos por ela – nunca diminuiria. Nosso período de lua de mel significaria foda constante. Isso significaria que seríamos insaciáveis por ela e ela por nós. Isso significaria que ela seria constantemente preenchida com nosso sêmen, mas garantindo que se enraizasse e nos desse um filho.

Não havia dúvida de que ela estaria grávida de manhã. A ideia de seu inchaço e crescimento com nosso filho me deixava pronto para gozar, mas apertei a base do meu pau para afastá-lo. Queria estar profundamente dentro dela quando gozasse.

Rolf a beijou, gentil, profundamente, até que ela caiu, saciada, na cama.

— Rolf — Ela suspirou, recuperando o fôlego. Cuidadosamente, ele se afastou dela e sentou-se sobre os calcanhares, apenas olhando para sua boceta inchada e rosa, seu sêmen escorregando de suas delicadas dobras. Ele ainda estava duro e eu sabia que ele a tomaria novamente se eu praticamente não o afastasse.

Enquanto me ajoelhava na cama, puxei-a para cima e entre meus braços, seus joelhos em minhas coxas. Ela sentou no meu colo, meu pau duro entre nós. O fluido escorria dela em um fluxo constante e eu cobri sua barriga com ele. Eu soube no momento em que comecei a penetrá-la, pois ela gozou. Não foi difícil ou intenso, mas um orgasmo suave e contínuo. Peguei seus seios e gentilmente belisquei seus mamilos enquanto ela cavalgava aquela onda decadente. Belisquei com mais força, testando-a e ela deixou a cabeça cair para trás enquanto empurrava os seios no meu abraço. Eu os puxei.

— Esse pouco de dor é bom? — Perguntei.

— Sim! — Gritou ela.

Assim que ela respondeu, deixei seus mamilos.

— Preciso ver você. Por favor, Erik.

Olhei para Gunnar, não pedindo permissão, mas surpreso. Ela nos conhecia, aprendeu nossas vozes e sentia nossas diferenças mesmo depois de nos conhecer em tão pouco tempo.

Ele também parecia surpreso, mas provavelmente satisfeito. Puxando o nó na parte de trás do material, ele tirou a venda dos olhos dela e deixou na cama.

Ela piscou aqueles olhos castanhos suaves para mim, tão satisfeitos e relaxados, depois, sorriu.

Não pude deixar de acariciar sua bochecha. Tão sedosa e macia.

— Nunca estive assim antes — Ela admitiu.

— O quê? Com três homens? — Eu fiz uma careta. — Espero que não.

Ela balançou a cabeça, os cabelos compridos um emaranhado selvagem sobre os ombros.

— Gozar desse jeito. Quero dizer, já. Não sou virgem nem nada. — Ela mordeu o lábio, depois, olhou para mim, então, para Gunnar. Rolf se sentou na cabeceira da cama, as costas apoiadas, observando satisfeito. Enquanto ele tinha acabado de transar com ela e gozado – o bastardo –, ele estava preguiçosamente excitando seu pau duro novamente.

— Sinto muito — Ela respondeu. — Eu não deveria falar sobre outros homens quando estivermos... você sabe.

Gunnar balançou a cabeça. — Precisamos conhecer todos os seus pensamentos, Sophia. Tudo sobre o seu corpo. Sem segredos. Já que seus orgasmos nos pertencem agora, saberemos a verdade. — Ele estreitou os olhos. — Daí, não falaremos sobre isso novamente.

— Eu... eu nunca gozei com um homem antes.

Na sua admissão, o peito de Rolf quase inchou com orgulho egoísta.

— E você gozou apenas de meu sêmen tocando sua pele, meus dedos brincando com seus mamilos — Acrescentei.

Ela corou e mordeu o lábio. — Eu sei. Eu... eu não entendo.

— É a nossa conexão, mas também o poder do sêmen. Com parceiros, ele cria uma conexão poderosa. O desejo será forte, fará com que você precise de mais, dos nossos paus.

— Então, vocês estão me drogando? — Ela perguntou.

Alcancei entre nós, cobri meus dedos, depois, levantei-os até sua boca, deslizei-os para dentro. Ela os chupou e sabia que provava o almiscarado de sua excitação misturada com o sabor salgado do sêmen de Rolf. Seus olhos se fecharam e eu pude sentir seu corpo quente por todo lado. Quando soltei meus dedos, ela lambeu os lábios.

Dei de ombros em resposta à sua pergunta, agarrei-a pelos quadris e a levantei sobre meu pau. Lentamente, mas com seu próprio peso ajudando, ela se empalou em mim.

Os olhos dela arregalaram-se. — Isso importa? — Perguntei. — É tão bom. *Você* se sente tão bem. — Agarrei sua bunda e a movimentei, permanecendo profundamente dentro dela enquanto meu pau roçava sobre novos lugares dentro dela.

— Não vou aguentar muito, Sophia. Você nos transforma em jovens excitados.

— Eu sei — Disse Rolf. — Estou pronto para ela novamente.

— Espere sua vez — Gunnar rosnou.

Mesmo com seu cérebro cheio de desejo, Sophia riu. — Então, vocês estão tão drogados de necessidade quanto eu.

Eu resmunguei, levantando seus quadris e abaixando as costas para mim.

— Monte em mim, Sophia. Mostre-nos o que é se sentir bem. — Ela olhou para mim com aqueles olhos – porra, aqueles olhos – então, começou a se mover, levantando e abaixando. Só de ver seus seios balançarem e pularem quando ela fez isso, meu pau endureceu impossivelmente mais. Sua excitação e o sêmen de Rolf deslizaram dela, cobrindo minhas coxas. O perfume espesso e inebriante de porra encheu o ar.

Seus olhos se fecharam quando ela se moveu, colocando as mãos no meu ombro para se equilibrar enquanto se movia para cima e para baixo.

— Olha para mim — Eu disse. O suor escorreu pela minha testa, tornava pegajosa a pele entre nós.

Os olhos dela se abriram.

— Quero ver você quando gozar. Não desvie o olhar.

Seus movimentos eram hesitantes no começo, ansiosos depois disso, e rapidamente se tornaram loucos de abandono. Segurei seus mamilos já duros e puxei mais uma vez, belisquei a carne macia e observei seus olhos estreitarem, vi a surpresa ali.

— Goza por todo o meu pau, Sophia. Ordenhe o sêmen de mim. Vai.

Seus olhos brilharam quando eu belisquei um pouco mais forte e ela gozou. Enquanto suas paredes internas apertavam e pressionavam meu pau, ela mantinha os olhos em mim. Sua respiração ofegante acabou comigo, minhas bolas se apertaram, depois, lançaram toda o sêmen que eu estava guardando apenas para ela. Grosso e quente, jorrou dentro dela, enchendo-a e marcando-a como minha.

Nossa respiração estava irregular quando descemos da deliciosa liberação. Ela estava aprendendo rapidamente que não conseguiria um pequeno orgasmo doméstico com seus homens. Retiraríamos todo prazer do corpo dela. E nós não terminamos.

Gunnar era o próximo.

Sophia

Não era à toa que Leah estava feliz. Esses guerreiros Vikens iam me foder até a morte. O último orgasmo que Erik me deu praticamente me apagou. Não me importava se era o estranho poder do sêmen que estava fazendo isso ou se eram seus paus mágicos. Eu queria mais. Com um assobio alto, Erik me levantou de seu pau. Um filete de porra escorreu pelas minhas pernas. Caí na cama ao lado das pernas de Rolf, satisfeita e sorrindo. Todos os nervos de terminação no meu corpo estavam formigando. Minha boceta estava dolorida, mas ansiosa por mais.

Gunnar, com seu intenso olhar sombrio, me observava enquanto eu me recuperava. Sua mão deslizando para cima e para baixo em seu eixo impressionante. Era comprido e grosso, com uma cor avermelhada escura com uma cabeça grande. Talvez ele estivesse preparando a antecipação, talvez fosse ele me dando um momento para eu recuperar o fôlego, mas quando ele finalmente estava pronto, estendeu a mão, agarrou meu tornozelo e me rolou de bruços.

Senti seu joelho pressionando a cama enquanto ele passava um braço em volta da minha cintura e puxava meus quadris para trás, então, eu estava de bunda para cima, cabeça baixa.

— Oh, Deus — Sussurrei no cobertor.

— Você está pronta para mais, Sophia? — Ele perguntou. Virei minha cabeça para olhar para ele.

Ele poderia me possuir e sabia que eu estava ansiosa, mas não. Ele não o faria. Ele estava pedindo permissão. Para que, eu não fazia ideia. Talvez ele não fosse me contar. Mas eu sabia que ele não me machucaria. Me mostrou isso pela maneira como me protegeu na floresta. Mostrou-me com sua paciência. Ele me mostrou checando comigo, confirmando que eu o queria. Queria o que ele ia fazer.

Eu não queria perguntar. Não precisava, porque adoraria, por mais carnal, sujo ou decadente, doce ou selvagem.

Concordei, mas lembrei que ele queria que eu dissesse. — Sim. Estou pronta.

Ele se moveu atrás de mim para que eu não pudesse vê-lo, mas senti sua mão acariciar a parte de trás da minha coxa.

— Boa menina.

Estremeci com o toque leve, mas quando seus dedos acariciaram minhas dobras pingando, quase explodi em chamas. — Temos sido gentis com você — Disse ele.

Eles tinham? Embora não tenham sido durões, eu também não chamaria Rolf e Erik de calmos. Eles não agiam de qualquer maneira. Eram hábeis e talentosos com o toque deles. Não demoraria muito tempo para imaginar como eles adquiriram essas habilidades.

— Podemos possuí-la um de cada vez, como estamos agora, mas você tem buracos suficientes para agradar a todos nós. Ao mesmo tempo.

Gunnar revestiu os dedos, depois, os moveu para o meu lugar mais proibido. Fiquei tensa.

— Não, eu nunca...

Seu toque era leve e gentil, apenas um toque, nada mais.

— Você confia em mim? — Ele perguntou.

— Eu... eu nem te conheço — Respondi, pensando apenas no dedo dele no meu buraco.

— Você nos *conhece*, Sophia. No fundo, quando você

não está pensando sobre isso, seu corpo, até partes de sua mente, sabem que nunca a machucaremos, que você é nossa parceira emparelhada.

Quando ele começou a mover em círculos lentos, apertei o cobertor e olhei para Rolf. Ele acenou com a cabeça uma vez, acariciou seu dedo na minha bochecha, depois, deslizou na minha boca.

Rolf se inclinou para que eu pudesse encará-lo enquanto ele fodia minha boca com o dedo. — Vou te possuir aqui enquanto Erik toma seu cu. Com Gunnar no fundo da sua boceta, você vai adorar. Assim como você está chupando meu dedo, você também tomará meu pau.

Gunnar deslizou um dedo na minha bunda enquanto Rolf falava e Erik caminhou para o lado oposto da cama e alcançou debaixo do meu corpo para acariciar meus seios enquanto o dedo de Gunnar entrava e saía do meu cu. Ele cobriu o dedo com algo liso e quente, me abrindo de uma maneira que eu nunca havia experimentado antes.

— Sophia. De quatro. Agora.

Levantei-me um pouco quando Gunnar instruiu Rolf a me beijar e Erik a deslizar debaixo do meu peito e chupar meu mamilo e tocar meu clitóris por baixo.

Meu mamilo esquerdo estava na boca de Erik, meu direito na mão áspera de Rolf enquanto ele me beijava. Os dedos grossos de Erik abriram meus lábios da boceta, esfregando meu clitóris e gemi quando Gunnar alinhou seu pau com a minha boceta, mantendo o dedo pressionado contra a minha entrada dos fundos. Ele deslizou para dentro com seu pau, assim como ele deslizou o dedo de volta no meu cu. Com a língua de Rolf me segurando aberta por seu beijo, eu tinha algo entrando e saindo, me fodendo, me preenchendo em todos os meus três buracos.

Gunnar começou a se mover dentro de mim, me esticando ainda mais do que os outros dois, talvez porque ele tivesse um dedo no meu traseiro.

— Rolf e Erik podem ser legais, mas eu não sou. — Ele cuspiu a palavra *legais* como se estivesse contaminada. — Eles podem ter feito você gozar, tirado um orgasmo de você, mas eu vou tomar mais.

Então, ele parou de falar, ficou me fodendo sério. Eu nem me importei com a sensação do dedo dele entrando e saindo junto com seu pau. Não tinha ideia de que havia tanta intensidade ao brincar na bunda, que havia tantas terminações nervosas que haviam ganhado vida.

Era inacreditável. Outra camada de prazer além das que eles já me mostraram.

Virei minha cabeça para longe do beijo de Rolf e gritei enquanto meu corpo queimava em cinzas cercada por meus parceiros.

Gunnar não gozou porque ainda estava me fodendo com golpes longos e profundos. Mas talvez seu pau estivesse vazando, pingando seu sêmen dentro de mim em sua ânsia. Seja qual for a causa, o calor no meu corpo se intensificou mais uma vez, meu coração batendo mais rápido do que a asa de um beija-flor sob minhas costelas. Minha boceta estava tão inchada, tão sensível que o deslizar de seu pau me fazia tremer.

— O poder do sêmen sempre será muito forte, Sophia. Entregue-se a mim. Quero sentir você gozar em todo o meu pau. — Ele enfiou mais rápido com suas palavras, dirigindo seu pau grosso até que a ponta atingiu meu útero. O dedo que ele tinha no meu cu pressionou mais fundo também, puxando um pouco para cima, esticando minha boceta e minha bunda em torno de sua posse quando a boca de Erik apertou meu mamilo, seus dedos esfregando meu clitóris como um vibrador de alta velocidade.

Com a cabeça jogada para trás, gritei, aterrorizada com a onda de sensação que me inundava. Tentei controlar, segurar, mas a mão de Rolf pousou no meu cabelo e ele levantou minha cabeça, forçando-me a olhar em seus olhos.

— Gunnar disse para você gozar, parceira.

— É demais.

Rolf segurou meu olhar quando sua mão pousou em um ataque firme na minha bunda. Eu pulei para frente, longe da dor, mas a ação empurrou meu clitóris na mão de Erik e tive meus músculos internos pressionando cada vez mais forte o pau e o dedo de Gunnar.

Atrás de mim, Gunnar gemeu. — Bata nela de novo, Rolf. Ela adora. Sua boceta é como uma pinça em volta do meu pau.

— Basta! — Gritei, frustrada e carente. Lágrimas escorreram pelo meu rosto.

Então, Gunnar me bateu, o estalo alto. Fiquei tensa, depois, estremeci quando me apertei em seu pênis e dedo. A queimação aguda me fez assobiar, mas lentamente se transformou em calor. Calor que me ultrapassou.

— Dê tudo a ele, amor — Insistiu Rolf.

Eu não sabia o que ele queria dizer, mas, então, com clareza instantânea, eu sabia. Parei de me mover, soltei o cobertor e exalei. Relaxei todos os músculos tensos e me concentrei na sensação do pau de Gunnar, em seu dedo. A primeira vibração de um orgasmo aumentou dentro de mim, mas a picada aguda da mão de Gunnar na minha bunda parou minha liberação e eu gritei, desta vez em protesto.

— Sim, é isso. Você aceita o que lhe damos. E o que é isso? — Rolf perguntou.

— Prazer.

— Sim, mas quando?

— Quando você disser.

A necessidade se fundiu em uma bola branca brilhante, mais e mais brilhante quando Gunnar me fodeu, me dando o que eu precisava. A mão de Erik no meu clitóris era um instrumento de tortura sensual, pois me acariciava até a borda da liberação e depois, parava. Repetidamente.

O pau de Gunnar inchou dentro de mim, e eu senti um segundo dedo deslizar na minha bunda, ouvi seu rosnar enquanto ele pressionava ainda mais. Cada parte da minha mente estava focada no meu corpo, na sensação.

Não conseguia respirar, não podia ver, não sentia nada além deles, os sons que faziam, a maneira como me tocavam.

— Agora, Sophia — Ordenou Gunnar.

A seu comando, gozei, a bola explodindo, cegando-me a qualquer coisa, exceto pura felicidade. Os dedos de Gunnar agarraram meus quadris novamente quando ele bateu em mim e me deu tudo. Seu sêmen me encheu, me cobriu, me marcou permanente e irrevogavelmente como dele. Ordenhei seu pau e apertei seu dedo, puxando os dois para dentro de mim, querendo mantê-los lá, manter os sentimentos para sempre.

Estava cercada por meus parceiros, protegida, tocada.

Sim, era como finalmente pertencer a alguém, me doar completamente. Esses foram meus últimos pensamentos quando meu mundo inteiro ficou escuro.

7

Sophia

— Vocês três são muito bons em distração — Eu disse, colocando minha cabeça contra o peito de Rolf. Estávamos no banho, embora fosse grande o suficiente para parecer uma pequena piscina. A água chegava ao meu pescoço, onde eu estava sentada na frente do meu parceiro, o vapor perfumado girava e espirrava na superfície. Depois do sexo... Deus, era essa a palavra para o que nós quatro fizemos? A trepada? A... orgia? Bem, depois de todos os orgasmos que eles me deram, eu praticamente desmaiei e dormi a noite toda, acordando contra o lado de Rolf. Erik e Gunnar não estavam na cama e ele me arrastou até o banho para ajudar a aliviar todas as minhas dores.

Sim, ser possuída por três homens seguidos me deixou um pouco dolorida. E sensível. E carente de novo.

Rolf se mexeu nas minhas costas, levantando uma perna para que eu estivesse aninhada entre suas coxas. Eu podia sentir seu pau duro nas minhas costas, mas agora não era hora de pensar nisso. Eu queria respostas, não sexo. Bem, queria sexo, mas teria que esperar. Eu podia pelo menos me controlar por dez minutos no banho, não podia?

Os três haviam me transformado em uma ninfomaníaca-de-ménage que nunca havia feito sexo antes. Eu poderia apenas me levantar e me abaixar e fodê-lo. Como se chamava, vaqueira reversa ou algo assim?

Percebi que Rolf não havia dito nada.

Afastando-me dele, eu me virei, encarando-o. Com o movimento repentino fiz pequenas ondas que bateram nas bordas. Estreitando os olhos, olhei para o mais gentil do trio. Seu sorriso astuto disse tudo. — É esse maldito poder do sêmen, não?

Ele encolheu um ombro largo. — Não tenho culpa se te desejo, que meu pré-sêmen escoe do meu pau sem parar com você por perto.

Apertei os lábios, porque não podia estar com raiva. Não quando apenas seu pau esfregando contra minha bunda me fazia sentir tão bem. Tendo todos os três gozado profundamente dentro de mim, tinha assegurado que eu sempre estaria ansiosa por eles. Eu deveria odiar a ideia, mas não conseguia. Não era escrava sexual drogada. Eu era o par deles, a parceira deles e os queria. Isto. Sexo.

Foder.

— Distração — Repeti. — Vamos falar sobre os caras maus.

— Caras maus?

Recostei-me na extremidade oposta da banheira e me acomodei. Queria respostas e sabia que se saísse não as conseguiria. Eu conseguiria algo completamente diferente.

— O SSV.

Toda alegria fugiu de seu rosto.

— Quero saber sobre eles.

Rolf suspirou, o riso desaparecendo de seus olhos, a brincadeira sumindo. Ele não parecia exatamente triste. Mais resignado.

— Eles são os Separatistas do Setor Viken. São liderados por uma coalizão de famílias muito poderosas, famílias que governavam os setores de Viken como três países separados antes que a guerra da Colmeia chegasse a nós.

Eu assenti. — Assim como na Terra. Ainda temos um monte de governos diferentes.

— Exatamente. Tínhamos três, e eles governaram por séculos. Mas quando as guerras da Colmeia chegaram, eles foram forçados a se unir sob o governante mais forte.

— Lev, Drogan e Tor? Os três reis?

— Não, amor. O bisavô deles. Ele foi o primeiro rei forte de Viken. Mas os líderes dos setores não queriam abrir mão do poder. Eles nunca aceitaram a unificação.

Revirei os olhos. — Pessoas poderosas nunca querem desistir de sua posição. É o mesmo na Terra. Sei tudo sobre isso. — Esfreguei um pouco de sabão com cheiro doce nos braços e ombros, pensando. — Então, eles começaram uma organização secreta para derrubar os três reis?

— Não. — Os olhos de Rolf rastrearam os movimentos das minhas mãos enquanto eu esfregava sabão sobre meu peito e pescoço, depois abaixava, sobre meus seios logo abaixo da água. Ele estava tão focado em minhas mãos que não viu meu sorriso de garota safada. Homens. — O SSV se formou décadas atrás. Seus esforços culminaram na morte dos pais dos três reis quando eram crianças.

Que confusão política. — Então, os três reis foram separados quando bebês e enviados para cada um dos setores para serem criados.

— Sim. — Seu olhar foi para os meus lábios, então, eu os lambi, aproveitando o escurecimento de suas pupilas e a gagueira em seu discurso. — O rei e a rainha estavam mortos. Eu era apenas um garoto, não muito mais velho que os três reis. Eles foram enviados para crescer com guardiões em cada um dos setores, aprender seus costumes, ser parte aceita da comunidade, defensores de seu povo.

Abaixei minha cabeça na água e lavei meu cabelo. Levantando, virei minha cabeça e estudei os vários frascos que cobriam a banheira. Qual era o shampoo? Eles deviam ter rótulos ou algo assim. — E funcionou? — Peguei um de vidro de cor creme, tirei a tampa e levei-a ao nariz.

Ui. Não. Esse era totalmente cheiro de homem.

Apertei o nariz e coloquei de volta na borda. Um frasco vermelho. Parecia promissor. Envolvi meus dedos em torno dele, mas a mão de Rolf se fechou em torno da minha.

— O que você está procurando, parceira?

— Shampoo. — Eu abri a tampa. Interessante. Mais como sândalo. Eu queria algo doce.

Rolf me puxou para mais perto e pegou um frasco branco que parecia vidro fumado. — Permita-me.

Ele derramou um pouco de líquido verde pálido na palma da mão e achei estranho o cheiro de algas ou pinheiros, mas o perfume era leve e doce, como um copo de limonada de Verão com açúcar extra.

Com um suspiro, relaxei sob seus cuidados e gemi

quando ele massageou meu couro cabeludo com dedos macios.

Nunca tive um homem lavando meu cabelo. É viciante. — Deus, você pode fazer isso todos os dias.

— Será um prazer, Sophia. — Sua voz era profunda, rica, e todos os traços de brincadeira se foram.

Distração. Distração. Distração.

Do que diabos estávamos conversando?

— Então, funcionou? Eles cresceram leais a seus setores e tudo mais? Isso não causaria um problema quando eles precisassem voltar a se reunir?

Rolf riu e abaixou as mãos para massagear meus ombros. — Sim, funcionou. Bem demais. Os irmãos se recusaram a se reunir. Suas lealdades e preconceitos firmemente estabelecidos, como o SSV queria.

— O que aconteceu? — Eles se dão bem agora. Não encontrei com Lev muitas vezes, mas sabia, de minhas conversas com Leah, que seus homens eram uma força unida, assim como os meus aparentavam ser.

— Leah apareceu. Ela uniu os três reis, assim como você uniu Gunnar, Erik e eu.

— Vocês são de setores diferentes?

— Sim.

— Oh. — Entendi. A garota da Terra Leah havia unido um planeta inteiro, forçando seus parceiros a aprender como se dar bem. E, então... — Allayna. A bebê.

— A verdadeira rainha de Viken. — Rolf abaixou minha cabeça suavemente, lavando o sabão dos longos fios com movimentos lentos e relaxantes.

Fechei os olhos e imaginei aquela bonequinha com seu cabelo vermelho e olhos azuis brilhantes. — Ela ainda não é.

— Ela é o futuro do nosso planeta. Os três reis cresceram nos setores. E, como os reis são leais ao seu povo, os setores são leais a eles. Allayna é filha deles, a que todos os setores reconhecem como a verdadeira herdeira. Eles podem recusar um dos três reis, mas ninguém a recusaria. Ela é adorada e reverenciada em todos os setores.

— Então, eles têm que matá-la.

— Acreditamos que esse é o objetivo deles, sim.

— Eles pretendiam transportar Leah e seu bebê para a floresta em vez de mim?

Rolf assentiu. — Sim.

— Mas o que aconteceu, como fui enviada para lá?

— Não temos certeza. Uma falha de transporte. Os reis têm equipes inteiras de engenheiros trabalhando para responder a essa mesma pergunta.

Abri os olhos e olhei para o rosto dele, encontrando seu olhar. — Não estou emocionada com alguém tentando me matar, mas estou feliz que tenha acontecido.

A mandíbula de Rolf se apertou. — Feliz?

— Se os planos de transporte deles tivessem funcionado, Leah teria morrido protegendo o bebê. Eu... não consigo pensar em como isso seria horrível.

Rolf apenas emitiu um som gutural estranho como resposta e me soltou. Eu me endireitei e passei as mãos pelos cabelos para tirar o excesso de água.

— Então, Gunnar e eu iremos a este lugar... Clube Trinity, e encontraremos o homem que queria matar Leah.

Rolf pegou uma toalha e eu olhei para a forma como a água escorria de seus ombros largos e sobre seus mamilos chatos. — Não, amor. Erik está se encontrando com os reis. Gunnar já foi.

— Foi?

Assentindo, ele pegou o sabão que eu estava usando e esfregou sobre o pano. Eu respirei o cheiro de baunilha. Eles tinham baunilha em Viken?

— Me dê seu braço.

Eu o levantei no ar e ele pegou minha mão enquanto passava a toalha com sabão para cima e para baixo. Se ele quisesse fazer isso e me desse respostas, eu não reclamaria. Nunca fui lavada por ninguém antes, pelo menos desde que eu era bebê, e era muito bom.

— Você está fazendo isso para me distrair — Murmurei.

Rolf trocou de braço.

— Posso fazer as duas coisas. Limpar você, para que Erik e eu possamos te sujar novamente, e dar as respostas para suas perguntas.

Com isso eu poderia viver.

— Gunnar foi à Cidade Central para ver se ele pode descobrir mais sobre o homem com a marca.

— O cara mau.

Rolf franziu a testa. — Sim, ele. Gunnar planeja ir ao Clube Trinity e restabelecer suas conexões. Faz tempo que não vai lá.

— Ele foi sem mim? Eu quero ajudar!

Ele levantou uma sobrancelha. — E como você ajudaria em um clube de sexo, parceira?

— Sou a única que sabe como é o homem. Posso identificá-lo.

Rolf me deu um olhar sombrio. Concluí que não era direcionado a mim, mas ao homem que eu podia reconhecer por voz.

— Eu já disse, sei sobre lutas pelo poder. Fui envolvida na máfia na Terra. Quero ajudar. Preciso ajudar — Acrescentei. — Tentei fazer o certo da última vez, e tudo isso me deu uma sentença de prisão.

— E nós — Acrescentou Rolf, lavando distraidamente meus ombros.

— E vocês. Mas não posso deixar passar, Rolf. Eles iam matar Leah e o bebê. Eles tentaram me matar! — Gritei, meu coração acelerando com frustração e raiva. — Sou a única que pode identificá-lo. Tenho que ir. Não podemos ficar parados e não fazer nada. Eles tentarão novamente. Enquanto Allayna estiver viva, eles continuarão tentando.

— Não me lembre — Resmungou Rolf.

— Deixe-me ajudar — Repeti.

— Nós conversamos sobre isso enquanto você estava dormindo, antes de Gunnar partir. Ele tem que investigar sozinho. Se ele aparecesse no clube com você no braço, haveria perguntas. Seria óbvio que você era a parceira transportada ontem.

— O bandido não sabe que vi a tatuagem dele — Respondi. — E ele acha que estou morta. Talvez Gunnar seja um Viken recém emparelhado que só quer me mostrar seu estilo de vida.

Ele olhou para mim. — É verdade, mas quando ele, o cara mau, descobrir que você não está morta na floresta, ele tentará novamente. Você é um problema para ele.

— Uma ponta solta — Acrescentei.

Ele franziu a testa. — Como um fio?

Eu sorri. — Uma expressão da Terra. Nesse caso, sou alguém que sabe o que fez, que ele queria a rainha e o bebê. Como você disse, um problema. Eles vão tentar dar cabo.

— Dar o cabo para o quê?

Eu ri. Assim como esses tradutores de UPN funcionavam, algumas coisas simplesmente não se traduziam bem. — Eles vão tentar me matar.

— Fique de pé.

Olhei para ele por um momento enquanto ele colocava mais sabão na toalha.

Fiz o que ele queria e a água escorreu pelo meu corpo. De sua posição, Rolf estava com os olhos no nível da minha boceta, e ele a encarou avidamente. Até lambeu os lábios.

Ele limpou a garganta e se ajoelhou diante de mim, passou a toalha sobre minha barriga. — Gunnar não colocará você em perigo, a menos que não haja outra escolha, a menos que ele não possa descobrir a verdade por conta própria. Agora entendo sua história e sua... vontade de encontrar o traidor Viken, mas Gunnar deve trabalhar sozinho primeiro. Ele fará uma referência cruzada dos registros de transporte da Cidade Central com mestres conhecidos no clube. Você conhece o bandido transportado da floresta para algum lugar. Há um registro e Gunnar o encontrará.

Aquilo fazia sentido.

— E se ele não conseguir? — Perguntei. — Não estou duvidando de Gunnar, mas os caras maus são escorregadios. Eles cobriram seus rastros. E se ele não descobrir a verdade?

— Então, você terá que estar disfarçada.

— Disfarçada?

A toalha se moveu sobre meus seios, limpando-os com muito mais atenção do que eles provavelmente precisavam.

— Um treino de submissão. Gunnar terá que levá-la para o clube. Infelizmente, ele é bem conhecido lá. Ele terá que fazer uma cena com você.

Meus olhos se fecharam quando Rolf puxou meu mamilo através da toalha.

— Uma cena? Que tipo de cena?

Ouvi a batida molhada da toalha contra a borda da banheira.

— Bondage, trabalho sexual como chupar o pau de Gunnar, punição, anal. Existem muitas possibilidades.

— Mas eu nunca fiz esse tipo de coisa — Retruquei, piscando para meu parceiro. As duas mãos agora seguravam meus seios, brincavam e puxavam meus mamilos. Ofeguei.

Rolf olhou para mim, e seu olhar me deixou nervosa.
— Se você preferir, Gunnar pode fazer uma cena com outra mulher no clube. Às vezes, o submisso é forçado a assistir e não participar.

— Então, eu teria que sentar lá e assistir Gunnar fodendo outra pessoa?

Rolf baixou os olhos para as minhas coxas enquanto a cena flutuava em minha mente. Gunnar com a boca de outra mulher em seu pau, tomando seu sêmen. Gunnar empurrando o corpo de outra mulher enquanto eu me ajoelhava no chão, indefesa e silenciosa, vendo meu parceiro foder outra mulher. — Não. Não quero que ele toque em mais ninguém.

Rolf sorriu para mim, mas não foi um sorriso feliz. — Gunnar ficará satisfeito. Discutimos isso antes de ele sair. Ele acredita que você não ficaria afetada.

— Ele quer outra mulher? — O pensamento fez meu coração doer, e eu o conhecia há apenas um dia.

— Não, amor. — Rolf levou um dedo aos meus lábios para silenciar meu protesto. — Foi combinado, Erik e eu vamos prepará-la, prepará-la para o clube.

— Preparar-me?

Rolf se aproximou de mim, deslizou as mãos pela minha barriga, sobre meus quadris para segurar minha boceta.

— Primeiro, nós a rasparemos aqui. Gosto desse pouco de pelo que você tem...

— É chamado de pista de pouso.

Ele olhou para mim com uma sobrancelha arqueada.

— Para uma nave de combate?

Mordi meu lábio. Eu nunca pensei sobre o nome do estilo de depilação. — Eu acho. Acho que é para garantir que um homem saiba para onde ir.

Rolf riu então. Foi tão rápido e eu gostei. Mas isso não significava que ele era menos viril ou insistente.

— Isso tem que sair. Você precisará ter uma boceta lisa e nua para Trinity.

Hã. Ok, acho que estava tudo bem.

Ele me pegou de novo.

— Em vez de lhe dizer, por que não mostramos?

Eu sorri do jeito que ele estava olhando para mim, como um garoto malvado.

— Boa ideia.

— Erik! — Rolf chamou. Ele segurou minha boceta, deslizou o dedo pelas minhas dobras e, depois, em mim. Agarrei seu ombro para não cair.

Meu outro companheiro entrou no banheiro.

— Ela está limpa? — Ele perguntou.

— Não por muito tempo — Respondeu Rolf. — Ela está pronta.

Erik grunhiu, depois se aproximou e estendeu a mão. — Venha, amor. Vamos raspar essa linda boceta, depois, lamberei toda a carne recém lisa. Vamos ver o quão sensível você é.

— Ela acabou de ficar molhada — Acrescentou Rolf,

tirando o dedo de mim e colocando-o na boca. — E eu vou lamber essa boceta, não você — Ele rosnou.

Nenhum poder do sêmen estava envolvido em me deixar com desejo e excitada desta vez. Apenas as mãos habilidosas de Rolf.

Quando saí da banheira e Erik me secou, eu disse a eles: — Isso não deve ser tão ruim.

Mal sabia eu que quando Erik estivesse me devorando pouco tempo depois, eu engoliria minhas palavras.

Rolf

Erik fez um trabalho rápido para garantir que a *pista de pouso* da nossa parceira fosse removida. Sua pele nua estava lisa como vidro e cheirava a flores. Certamente aquilo tornaria tudo mais sensível para ela, se isso fosse possível.

Seu cabelo ainda estava molhado e penteado para trás, fazendo seus olhos parecerem maiores, seu rosto, mais delicado. Ela era verdadeiramente bela e corajosa. Talvez até um pouco envergonhada por nós dois a vermos tão intimamente, mas a tocamos de uma maneira que era muito mais clínica do que apaixonada. Mas isso mudaria. Agora.

Os cabelos escuros de Erik também estavam molhados, e eu sabia que ele planejava trabalhar com os novos recrutas da guarda nesta manhã. Ele deve ter tomado banho no quartel da guarda.

Não importa. Nossa parceira não conseguia tirar os olhos dele enquanto ele tirava o uniforme. Seus seios subiam e desciam, e suas pernas longas e bem torneadas já estavam abertas em boas-vindas.

Eu não usava nada além de uma toalha enquanto caminhava para o lado da cama e a pegava em meus braços.

— Ei! O que você está fazendo? Pensei que iríamos... — Suas palavras desapareceram e suas bochechas ficaram rosadas com um rubor delicado.

— Vamos, amor, apenas não na cama.

— Oh. — Seus olhos se arregalaram quando eu a carreguei para o balanço que Gunnar tinha instalado quando nos pediram para tomar uma parceira. O balanço foi projetado para o prazer de uma mulher. Alças largas sustentariam seu corpo e seus membros, mantendo-a no lugar para nossa atenção e também restringindo seu movimento.

Eu coloquei as costas dela nele, olhei em seus olhos enquanto esperava que ela se acalmasse – mente e corpo. Eu a segurei imóvel enquanto Erik segurava o braço esquerdo dela, erguendo-o para o lado, amarrando o braço e o pulso nas grossas restrições. Ele testou o nó, assegurou que não estivesse muito apertado.

Não me importava de compartilhar Sophia com Erik. Ou Gunnar. Minha mãe não tinha prestado atenção ou dado amor igualmente entre meu irmão e eu. Eu sabia como isso poderia machucar, poderia danificar sua alma. Então, compartilhava minha parceira com os outros facilmente, porque queria que ela tivesse todo o amor que pudéssemos dar. Queria que ela conhecesse todos nós, e sabia que Erik e Gunnar não iriam apenas possuí-la, tomar dela. Eles dariam. E no centro? Sophia. Sempre.

— Não conheço isso...

Erik parou e o olhar de nossa parceira disparou de Erik para mim, e voltou. O dele era sombrio e intenso, apropriado para o que Sophia enfrentaria no clube. —

Isso não é quase nada, parceira, comparado ao que você pode ver no clube. Pode parecer um pouco... assustador, mas lembre-se, nunca iremos machucá-la. Nunca vamos possuí-la sem você querer. Se você deseja recusar, entenderemos. Gunnar não quer que você se aproxime do lugar.

Sophia mordeu o lábio e olhou para mim. Dei de ombros. Tinha que ser sua decisão. — Erik está certo, amor. Se você não conseguir lidar com isso, terá dificuldades com o que Gunnar planejou para você no clube. — Eu acariciei sua bochecha. — E tudo bem. Nós não estamos bravos. Nem um pouco. Só precisamos conhecer seus limites.

— Talvez seja bom que tenhamos descoberto isso aqui — Respondeu Erik.

Sophia levantou a mão livre.

— Não. Faça. Faça o que tiver que fazer. Não vou deixar esse idiota matar Leah ou Allayna.

— Não à custa do seu medo de nós. Quando fodemos, quando brincamos assim, deve ser um prazer.

— Será — Disse ela.

— Não se você estiver com medo — Acrescentou Erik.

Sophia mordeu o lábio. — Eu não estou com medo. Realmente. É tudo... assustador. Eu amei tudo que vocês fizeram até agora. Tenho certeza de que vou adorar isso.

Olhei para Erik, depois, para Sophia. — Tudo bem. Mas se você precisar que paremos, pararemos. Imediatamente. Algo para lembrar, amor, é que você tem todo o poder. Não faremos isso com você, a menos que você permita. Você nos dá sua submissão, mas devolvemos o poder.

— Posso dizer *pare* — Respondeu ela, recostando-se.

— Exatamente. — Erik assentiu e rapidamente a colocamos no lugar.

Fiquei satisfeito por ela ter levado um momento para entender. Seria melhor para ela agora, saber que ela era a chave para nós quatro, a engrenagem central na roda. Sem ela, nós éramos... apenas meros guerreiros. E nós três estávamos prontos para mais.

Enquanto eu observava a mente de Sophia se acalmar, despertada por nossas atenções, meu pau estava tão duro que parecia um peso de chumbo entre minhas pernas, doloroso. Pesado. Seu corpo perfeito estava estendido diante de nós como um banquete – seus braços e pernas estavam abertos e amarrados no balanço. Sua boceta rosa estava aberta e em exibição, pairando no ar no nível perfeito para eu cair de joelhos e me banquetear. E com a cabeça inclinada para trás, ela poderia pegar o pau de Erik na boca enquanto eu me entregava ao seu âmago.

Erik encontrou meu olhar e vi uma ânsia lá que eu entendi muito bem. — Vamos começar?

— Sim. — Eu cheguei perto da boceta de Sophia quando Erik caminhou até sua cabeça. Coloquei minha mão em seu estômago e abri meus dedos, quase a cobrindo. Sua pele era tão quente, tão sedosa e macia. Ela estremeceu com o meu toque e eu sabia que ela estava pronta.

Erik ficou acima dela e se inclinou para frente, então, seu pau balançou na frente de seus lábios enquanto suas mãos descansavam em seus seios. — Você está pronta para as regras, Sophia?

Sua boceta brilhava e passei meus dedos pelas dobras lisas, mas neguei a ela o que ela realmente queria. Sem penetração. Sem esfregar seu clitóris. Ela teria que esperar até Erik terminar com as regras que Gunnar havia nos dado.

— Ninguém existe além de nós. Se você olhar para mais alguém, receberá palmadas.

Sophia piscou para ele em confusão. — Mas não há mais ninguém aqui.

Eu ri e me aproximei da parede mais próxima de mim. Estávamos no canto da sala, mas quando as persianas se abriram em engrenagens silenciosas, as janelas abertas permitiram que qualquer pessoa nos níveis superiores da fortaleza testemunhasse o prazer da nossa parceira.

— Oh, meu Deus. — Sophia empurrou os pulsos contra as restrições. — Eu não sabia. Eu...

Ela olhou para Erik, mas eu respondi. — Shh, eles verão como você é linda, como você nos dá o prazer mais incrível. Terão ciúmes de nós, seus parceiros.

— Estou orgulhosa de você como nossa parceira e desejo que todos vejam você. Rolf também. Ele encontra imenso prazer em compartilhar você. Sem toque — Acrescentou Erik.

— Nunca — Rosnei. — Eles podem ver como você é linda, como você é perfeita para nós, mas nada mais. Nunca.

— A regra novamente. Ninguém existe além de nós. Se você olhar para mais alguém, receberá palmadas.

Eu assisti enquanto ela considerava nossas palavras, a possibilidade de ser vista, antes que ela relaxasse nas tiras. Desistisse.

— Gunnar vai tocar em você no clube. Estará lotado. Os olhos estarão em você. Verão você amar o que Gunnar faz com você. Eles verão você gozar e sentirão inveja dele.

Erik caminhou ao redor de nossa parceira, acariciando-a para todo mundo que estivesse assistindo, visse. A fixação do Setor Um nas demonstrações públicas de propriedade, da capacidade de um companheiro trazer seu prazer feminino, era o assunto dos outros setores. A única coisa que Erik poderia amar mais do que os três guerreiros olhando para nós do outro lado do pátio no terceiro nível era possuir Sophia na bunda, e isso estava por vir. Em breve.

— Abra — Disse Erik, cutucando seus lábios carnudos com a cabeça pingando de seu pau. O présêmen dele cobriu a pele dela e observei enquanto escorria, enquanto ela mexia a língua para lamber.

— Oh — Ela gemeu, o poder do sêmen pousando sobre ela como um cobertor quente. Isso a ajudaria com os nervos, com qualquer apreensão que tivesse. Tudo bem que ela estivesse nervosa, pois nós iríamos forçar seus limites. Mas medo, não. Nunca.

Abrindo mais a boca, ela pegou a cabeça larga do pau de Erik e, depois, parte do seu comprimento. A respiração de Erik sibilou quando ele colocou a mão em sua bochecha, e começou a entrar e sair dela, não muito profundo para permitir que ela tivesse tempo de se ajustar. Ele não era pequeno e o ângulo era certamente novo para ela.

Eu não estava olhando apenas para eles. Não. Eu iria prepará-la para levar todos nós ao mesmo tempo, daí, fodê-la.

— Tão macia, amor — Comentei, deslizando meu dedo sobre os agora nus lábios exteriores de sua boceta. — Sente isso?

Ela gemeu, pois tinha que estar extremamente sensível. Sua boceta era linda, tão rosa, molhada e inchada. Tão ansiosa.

Peguei o pequeno plugue anal e apertei um pouco de lubrificante no objeto duro, cobrindo-o completamente. Então, coloquei meus dedos escorregadios em sua entrada traseira e circulei, espalhando o gel escorregadio. Revestindo nela.

Ela resistiu ao meu toque, mas não conseguiu falar, pois estava com a boca cheia. Bem cheia.

— Já teve sua bunda fodida, amor? — Murmurei, continuando a circular e pressionando levemente contra seu buraco apertado.

Sua cabeça tremia de um lado para o outro, levemente.

— Vamos possuí-la aqui, brincar com você, preenchê-la. Você vai adorar. Eu prometo. — Olhei para baixo entre suas pernas abertas, vi a umidade escorregar dela quando fui capaz de romper o anel apertado de músculo e deslizar apenas a ponta do meu dedo nela.

— Nós três vamos fodê-la de uma vez. Ah, amor, você é tão boa em chupar pau — Erik rosnou.

— Um de nós na sua boca, um na sua boceta e outro na sua bunda. Fodendo você, preenchendo você. Amando você.

Puxando o dedo livre, ela gemeu, mas eu pressionei o plugue e comecei a mexer. Com o lubrificante, não era difícil de fazer, pois o plugue era pequeno e sua ansiedade até a surpreendeu. Quando ele se estabeleceu, vi a mão livre dela subir e pegar as bolas de Erik, ansiosa por mais.

— Oh, não, amor. — Disse Erik, enquanto eu sabia que ele amava a mão dela sobre ele – minhas bolas se apertaram de ciúmes – não podia permitir que ela tivesse o que queria. Não desta vez. Oh, daremos a ela a chance de assumir o comando, nos tocar, brincar conosco, mas não agora. Ela precisava aprender que daríamos a ela seu prazer, como era feito no Clube Trinity.

Erik colocou a mão no lugar, amarrou-a, testou o conforto dela, enquanto Sophia ansiosamente chupava seu pau.

— Caralho — Ele sussurrou em sua voracidade.

Eu não podia esperar mais. Ela cedeu tão lindamente que eu não pude segurar. Alinhando meu pau até sua entrada, deslizei para dentro.

Ela gemeu quando eu a preenchi, o ajuste tão apertado com o plugue.

Assim que me acomodei, olhei para Erik. O queixo dele estava cerrado, mas a mão na bochecha dela era gentil.

— Pronto? — Perguntei. Ele assentiu uma vez.

— Pronta, Sophia?

Ela puxou os laços em suas mãos, mas gemeu e se acalmou.

Erik e eu movemos nossas mãos para as tiras do balanço, as seguramos, depois, começamos a mover o balanço com muita suavidade.

Ela estava presa entre nós, sendo fodida na boca e na boceta. Nenhum de nós se mexia, o balanço fazendo todo o trabalho. Avaliamos os movimentos baseados em assistir Sophia. Não podíamos permitir que o balanço se movesse muito longe, pois, não sabíamos até que ponto ela poderia levar um pau na boca, na garganta.

Mas ela estava nos surpreendendo, demorando um pouco mais, indo cada vez mais com o passar do tempo.

Ela gozou, ordenhando meu pau enquanto continuamos o ritmo, nunca parando. Primeiro um orgasmo, depois outro.

— Vê, Sophia, só prazer. Quem vê você saberá que

estamos oferecendo exatamente o que você precisa. E em apenas um segundo, eles nos verão tirando isso de você.

— Caralho, sim. Não aguento mais sua doce sucção. Eu vou gozar amor. Engole.

Quando Erik gemeu e vi a garganta de Sophia trabalhar para engolir todo o sêmen que ele estava lhe dando, eu não aguentei mais. O prazer de sua boceta quente, o aperto, a maneira como ela respondeu a Erick e a mim, fez meu orgasmo crescer na base da minha espinha, puxar minhas bolas para cima e disparar, enchendo-a, revestindo-a, marcando-a.

Ela gemia em torno do pau de Erik, mas ele se afastou assim que terminou e ela gritou. Suas paredes internas se apertaram e ordenharam meu pau, garantindo que cada última gota fosse puxada de mim. Não havia mais nada. Ela me reivindicou tanto quanto eu a tinha reivindicado.

— Lindo, amor.

Depois que ela se acalmou, sua respiração ficou mais uniforme, desfizemos as tiras e a levantamos do balanço. Erik fechou a persiana da janela, bloqueando o resto do mundo mais uma vez.

Enquanto eu a carregava do quarto para a cama, ela olhou de volta para ele. — Isso foi... uau. Se é assim que vai ser no clube, estou pronta. Quero mais.

Ela se aninhou em mim e percebi que havíamos acordado algo dentro dela que ela nem sabia. Não havia como voltar agora. Não que qualquer um de nós quisesse. Mas não tinha dúvida de que o que estava por vir poderia nos separar. O SSV era grande demais para nós quatro.

8

*G*unnar

Esfreguei a mão no meu rosto, tentei limpar a sensação áspera dos meus olhos. Meu dia na Cidade Central tinha sido um desperdício. Bem, não completamente. Descobri que os dados de transporte para a pequena estação de merda na floresta tinham sido apagados. Não só não havia registro de nenhum Viken entrando e saindo no início do dia, como também não havia registro de nosso transporte para encontrar Sophia, nem o rei e a rainha logo depois. Nem nosso retorno à cidade. Como diabos os transportes de mais de dez pessoas foram apagados?

De propósito. Então, embora eu não tenha encontrado o bastardo, suas ações para cobrir sua identidade não foram sutis e facilmente provariam sua culpa, se soubéssemos quem ele era. O SSV queria a rainha e o bebê. Queria-as mortas. Eu não tinha certeza se deveria agradecer por seu plano ter sido frustrado ou não. O pensamento de Sophia afastando seu atacante, atirando nele com a pistola de íons do próprio Viken, quando ela poderia ser facilmente morta, me fazia querer abrir um buraco na parede. Mas se o erro de transporte não tivesse ocorrido, o planeta estaria em crise. A rainha e a princesa certamente estariam mortas.

Com os reis conscientes do perigo para sua parceira e filha, todas as precauções foram tomadas. Nenhuma delas seria deixada sozinha e, felizmente, três maridos guerreiros Vikens as vigiariam. O transporte para as duas seria apenas em caso de emergência e seriam transportadas com pelo menos um dos reis. A guarda foi duplicada.

Enquanto investigadores eram envolvidos no caso, a única pista verdadeira, a única testemunha do crime era Sophia. E tudo se resumia à porra da marca que ela tinha visto no antebraço do filho da puta. Somente os verdadeiros Mestres tinham a marca. Isso significava que o grupo de possibilidades era pequeno, considerando a liderança, mas muitas para poder identificar alguém imediatamente. E assim, meu plano para impedir que Sophia se envolvesse em encontrar o traidor não iria acontecer. Nós – o planeta inteiro – precisávamos dela.

Porra, eu precisava dela, e não apenas para encontrar o bastardo. Meu pau doía por ela. Estando tão longe, eu na Cidade Central enquanto ela estava segura em Viken Unida com Rolf e Erik, era quase doloroso. Eu tinha certeza de que eles estavam cuidando bem dela, que ela estava segura, garantindo que seu desejo por pau fosse preenchido. O poder do sêmen tinha sido impressionantemente forte, mas nossa parceira era uma mulher apaixonada e eu tinha que pensar que ela ainda desejaria nossas atenções – de nós três – por ela.

Seu desejo era a minha abstinência e eu estava ansioso para tê-la debaixo de mim novamente. Apenas...

comigo. Ela foi capaz de romper uma parede que eu colocara ao redor do meu coração, um pouco de cada vez. O que tive com Loren tinha sido... amor, mas isso, o que eu tinha com Sophia, era algo completamente diferente. Tinha que ser o emparelhamento, pois, éramos tão perfeitos. Doía saber que eu poderia perdê-la. Mas eu a queria mais.

E, assim, foi com sentimentos confusos que usei meu InterCom e me conectei com os outros. Eu queria ouvir a voz dela, saber que ela estava segura, mas não queria lhe contar minhas descobertas. Queria protegê-la de qualquer coisa ruim. Ela precisaria ajudar e seria posta em perigo.

Depois de compartilhar minhas descobertas, Sophia falou. Fiquei duro apenas com o som suave de sua voz.

— Estou pronta, Gunnar. Leve-me para o clube. Sou a única que pode identificá-lo.

Eu sabia daquilo, então, desconsiderei: — Você está pronta? — Perguntei. Era mais do que apenas estar preparada para rastrear um assassino, mas por uma noite no clube.

— Sim. Erik e Rolf já... oh, Deus, não posso falar por telefone. Ou seja lá o que for essa coisa de comunicação.

Eu não tinha ideia do que era um telefone, mas presumi que fosse uma engenhoca da Terra.

— Sophia. — Aprofundei minha voz ao tom que usaria nela quando estivéssemos no clube. — Se você for ao Clube Trinity comigo, dizer o que seus parceiros fizeram para prepará-la não devia constrangê-la. Confie em mim, vou forçá-la a ir mais longe do que você pode imaginar.

Ela ficou quieta por um momento e ouvi um pequeno suspiro. — Sim, você está certo. Eles me depilaram, me colocaram em um balanço e eles... eles foderam minha boca e boceta.

Eu quase gozei nas calças, pensando nela toda aberta entre eles, tomando os dois. De como eles enfiaram nela.

— O que mais? — Perguntei.

— E um plugue.

Eu não pude evitar, tive que me ajustar, minha calça agora estava muito apertada.

— Estou pronta — Ela repetiu.

Eu também.

— Transporte-se para cá — Eu disse, minhas palavras ásperas com necessidade e ansiedade. Sim, então eu poderia tocá-la, senti-la, saber que ela era real e segura e minha. — Encontro você na estação de transporte.

— Não quero me transportar sozinha — Respondeu Sophia. Eu podia ouvir o fio de medo em sua voz. Eu só podia imaginar que ela tinha medo de viajar desacompanhada. Sua primeira experiência com esse tipo de viagem levou a quase um desastre.

— Não se preocupe — murmurou Rolf. — Estaremos com você.

— Isso mesmo, amor. Não há como você fazer isso sozinha. Não por muito tempo — Rosnei, pensando em quão perto estivemos de perdê-la. Antes mesmo de tê-la.

— Não até que o SSV seja eliminado — Acrescentou Erik. — Precisamos de uma hora.

— Vou encontrá-los então. Não se atrasem. — Eu não queria levar Sophia para o clube, mas meu dever era proteger a Família Real. E Sophia. Se não, quando o homem que ordenou a morte dela descobrisse que estava viva, ele também a perseguiria. Portanto, eu a protegeria com a minha vida, o tempo todo encontrando o bastardo e salvando as fêmeas da realeza. — Prepare-se, Sophia. Hoje vamos ao Clube Trinity.

GUNNAR, Cidade Central, Fora do Clube Trinity

Acompanhei Sophia ao coração do distrito de entretenimento. Descemos a passarela reluzente a menos de um quarteirão da entrada discreta do Clube Trinity, com a mão nas costas dela. Não havia árvores aqui, nem floresta. Este era o lugar mais urbano do planeta. Cidade Central era uma megacidade no continente norte de Viken. Também chamada simplesmente de 'Central' ou 'A Cidade', era o único lugar em Viken onde nosso povo usava as tecnologias mais avançadas que a participação de Viken na Coalizão Interestelar havia proporcionado. Estações de transporte, sintetizadores de comida, sistemas avançados de comunicação e simulador, entretenimento e música, comida e bebida de toda a galáxia podiam ser encontrados na cidade.

A cidade servia como principal porto comercial de Viken com os outros planetas membros. Como resultado, era vibrante e cheia de vida. Qualquer apetite podia ser saciado aqui, bom ou ruim. O lado sinistro das luzes cintilantes e o estilo de vida acelerado já tiveram um apelo singular para mim. Quando jovem, tentando enterrar a dor do meu passado, afoguei minha dor aqui, em sexo, bebida, poder e na busca de todo prazer.

Agora, voltar aqui com Sophia ao meu lado me deixava fisicamente doente. Eu não a queria aqui, onde a escória do planeta estava sentada à mesa ao lado de líderes do setor e membros do conselho, vendendo segredos e lealdade tão facilmente quanto um pedaço de fruta madura no mercado.

Estive com os nobres guerreiros da frota de coalizão por longos anos, lutando ao lado dos soldados mais nobres de todo o mundo. Ao voltar para Viken, servi apenas aos três reis e sua nova parceira. Todos homens honoráveis. Todo dignos do meu respeito.

Voltar à Cidade Central parecia uma traição a tudo o que lutei para proteger.

Mas eu era realista. Sabia como as coisas funcionavam. A cidade era tão necessária para a sobrevivência de Viken quanto a atmosfera que protegia o planeta. E havia pessoas honradas aqui. Elas lutavam contra a onda constante de ganância e corrupção que se opunham a elas.

Era uma luta que nunca terminaria, e uma da qual fiquei cansado. Agora que eu tinha uma parceira, meus irmãos Rolf e Erik, e uma Família Real que eu respeitava, não queria voltar à solidão do meu passado. Pela primeira vez, não queria ficar sozinho. Queria minha parceira, minha família.

Eu queria rastrear o bastardo que tentou matar minha parceira e estripá-lo para que pudesse ir para casa e aproveitar Sophia. Protegê-la. Cuidar dela. Fazê-la se apaixonar por mim. Queria que ela me amasse. Queria que ela olhasse para mim, não com medo ou ansiedade, mas com amor. Confiança. Desejo.

Caralho. Eu parecia uma mulherzinha, mas talvez valesse a pena.

Apertei o lado de Sophia com esse pensamento e ela pulou, seu olhar disparando rapidamente para o meu, depois, para longe.

— Eu sei que você me disse o que esperar, mas ainda estou nervosa.

Sophia estava completamente coberta por uma capa comprida com capuz. Por baixo, ela não usava nada. Embora as roupas de mulher na Cidade Central fossem diferentes das roupas compridas das do setor, nenhuma era apropriada para ir ao clube.

Um submisso ou escravo do Clube Trinity, homem ou mulher, não precisava de roupas. — Bom.

Ela olhou para mim, seu rosto não escondendo sua surpresa.

— Você deveria estar nervosa. Se você não estiver, as pessoas começariam a questionar — Esclareci. — Desde que você não esteja nervosa por estar *comigo*, está tudo bem.

Eu parei do lado de fora da porta grande. Ao olhar para ela, ninguém saberia o que estava por trás disso, a mistura de depravação, sensualidade e submissão que estava dentro. Apenas uma pequena placa com a marca do clube, colocada discretamente à direita da entrada, identificava sua localização.

Inclinando-me, murmurei no ouvido de Sophia: — O que você ver, o que sentir, lembre-se, nunca vou sair do seu lado. Se você ouvir a voz do homem, você me dará o sinal. Nada mais.

Decidimos uma maneira de ela comunicar que tinha ouvido o Viken responsável por sua tentativa de assassinato. Quando ela mencionasse o interesse em ter uma mulher a tocando, eu saberia que o bastardo estava perto. Era uma mentira completa, já que ela tinha três homens para tocá-la e agradá-la. Se as tendências dela se inclinassem para um encontro com uma mulher, não a negaríamos, mas sabíamos que não era esse o caso. O emparelhamento provou isso. E, assim, era o sinal perfeito. Se ela falasse as palavras, encontrasse o homem que caçamos, eu cuidaria do resto.

Enquanto ela assentia, repeti: — Seu único trabalho é me obedecer, ouvir a voz dele e sinalizar quando a ouvir. Sua parte estará feita. Nada mais. — Repeti o último, mais para meu benefício do que para o dela, já que nós quatro tínhamos passado por isso várias vezes o dia todo. Erik e Rolf provavelmente pareciam animais enjaulados esperando que voltássemos.

Infelizmente, apenas membros eram autorizados a entrar no clube. Rolf e Erik não passariam pela verificação de segurança do lado de fora da porta da frente.

— Tudo bem — Ela respondeu.

Arqueei uma sobrancelha. — Você esqueceu tão rápido?

Ela franziu a testa enquanto eu esperava pacientemente que ela se lembrasse da necessidade de uma comunicação formal dentro do clube. — Sim, Mestre.

Eu dei um aceno rápido. — Bom. A partir deste momento, você obedece. Caso contrário, as consequências corresponderão ao protocolo do clube. — Palmada. Açoitamento. Humilhação. Ela era minha, mas se insultasse outro Mestre, com ou sem a intenção de fazê-lo, eu seria forçado a puni-la de acordo.

Puxando a porta, escoltei minha companheira para o meu mundo. Meu *velho* mundo.

O prédio tinha três andares. O piso principal era para os membros se encontrarem e se misturarem. Com bancos caros que rodeavam uma pista de dança em um semicírculo, era fácil assistir e ser assistido. Somente quando uma conexão era estabelecida é que os novos amantes poderiam se aventurar nos outros andares.

Aqueles do Setor Um, onde os homens gostavam de

reivindicar suas parceiras enquanto outros assistiam, só precisavam escolher suas amantes através de uma porta que levava à área de recreação do outro lado da grande sala. Lá, paredes de vidro do chão ao teto permitiam que todos na sala principal fossem vistos em três salas de jogos de tamanho considerável. Dentro, os membros faziam o que quisessem enquanto eram observados. Se aquilo não bastasse, a sala continha todas as ferramentas ou dispositivos possíveis para tornar a brincadeira anal divertida e selvagem.

Respirei fundo, imaginei minha parceira inclinada sobre um desses bancos enquanto eu inseria um plugue no cu dela e a fodia em submissão.

Quando entramos no vestíbulo de paredes pretas do clube, a serpente de três cabeças, o mesmo símbolo queimado em minha carne, erguida tão alta quanto eu, o contorno vermelho escuro brilhava como sangue fresco no chão quando nos aproximávamos do posto de controle de segurança. O gigante guerreiro Viken que guardava a porta interna não era um que eu reconhecia.

Ele olhou para Sophia, seus olhos demoraram nos lábios rosados perfeitos da minha parceira até eu dar um passo à frente, quebrando o contato visual com minha linda parceira.

O guarda apenas grunhiu e sorriu para mim, sem desculpas.

Este era o Clube Trinity, todo desejo carnal não apenas era compartilhado abertamente, mas posto em prática.

— Ela é linda — Disse o guarda.

— Eu sei. E ela é minha. Eu não compartilho.

O guarda encolheu os ombros. — Fale-me se mudar de ideia ou se cansar das atenções dela. — Ele estendeu um pequeno dispositivo de digitalização e eu levantei meu pulso para expor a marca lá. Sob a marca havia um pequeno chip embutido na minha carne, me marcando como um membro do clube, como um membro da elite.

Sophia e eu fomos revistados por dois outros guardas antes que o homem com o scanner nos liberasse para entrar no clube. — Bem-vindo de volta, Mestre Gunnar. Faz muito tempo.

— Obrigado. — Muito tempo? Doze anos. Parecia uma vida no passado.

Com a mão na cintura de Sophia, eu a conduzi para o salão principal. Dezenas de homens e mulheres sem par se misturavam, procurando parceiros, sexo, dor. Qualquer apetite era bem-vindo aqui.

A baixa iluminação na sala principal garantia que as salas do primeiro andar estivessem em destaque. Do outro lado do vidro, participantes bem-iluminados realizavam todos os atos sexuais em que eu conseguia pensar.

Eu só conseguia imaginar os pensamentos de Sophia quando as primeiras cenas de sexo que ela testemunhava eram foda pública, exibicionismo e brincadeira anal.

Ela se inclinou para mim, sua pequena mão procurando a minha e eu gentilmente entrelacei meus dedos nos dela. Apertado. Eu a tinha avisado, descrito de fato o clube e seus três níveis em grandes detalhes.

O segundo andar atendia a pessoas do Setor Três. Era uma sala grande, no estilo bacanal, para qualquer um tocar, chupar ou lamber, beijar ou foder qualquer outro. Era decadente e ocupada com aqueles que queriam se concentrar no prazer oral, com qualquer pessoa e todos ao seu alcance. O Setor Três era conhecido por seu amor ao sexo oral, suas línguas bastante habilidosas, e qualquer pessoa que procurasse esse tipo de prazer sabia procurar alguém daquela região de Viken, e no segundo andar.

O terceiro andar era onde eu me sentia mais confortável. Era o piso mais escuro, com iluminação suave, couro vermelho escuro por toda parte. Tinha restrições e brinquedos, o que quer que alguém precisasse para distribuir a dor junto com o prazer. O nível três era sobre controle. Mas isso era para depois.

Circulamos os dois níveis mais baixos por mais de uma hora, minha parceira caminhando discretamente atrás de mim, nunca mais do que um único passo do meu lado. Eu esqueci a intensidade das tentações carnais oferecidas por este lugar. Em todos os lugares que olhava, homens e mulheres brincavam e gritavam, fodiam e sangravam. Eu não curtia dor real, não era sádico, mas não julgava a necessidade deles. Nem as necessidades dos submissos tremendo de desejo quando suas bundas eram atingidas pela chibata ou vara.

Mas não pude negar a natureza sedutora da atmosfera do clube, meu pau duro e pronto por toda a duração de nossa turnê. O lugar foi criado para foder e o ar exalava uma essência de necessidade. Poder de aprisionar. Desejo. Eu sentia, e sabia que Sophia também. Mas nós dois tínhamos que esperar.

Eu sabia que ela se concentrava em ouvir as vozes das pessoas ao nosso redor, particularmente os Mestres marcados com a Serpente Trina, como eu. Levei-a a todos os cantos escuros, a todos os salões e bares. E ela ouvia, ela seguia atrás de mim como uma sombra. Uma ou duas vezes, quando passávamos por uma mulher sendo fodida ou levando palmadas, geralmente as duas coisas juntas, suas mãos suaves se acomodavam nas minhas costas. Mesmo através do couro preto que usava, eu podia senti-la tremendo. Mas não sabia dizer se com desejo ou medo.

Ainda não. Quando estivéssemos a salvo, soubesse que o bastardo que tentou matá-la não estava aqui, só então eu olharia nos olhos dela e veria a verdade. Se o olhar dela contivesse medo, eu a levaria deste lugar, para a segurança de nossos aposentos particulares na cidade onde Erik, Rolf e eu cuidaríamos de suas necessidades. Estranhamente, este lugar não me atraiu quando comparado aos desejos da minha parceira. Ela vinha primeiro. Houve um tempo em que este clube tinha sido um segundo lar para mim, um lugar que eu pertencia. Um lugar onde eu não seria julgado, mas aceito por quem e o que eu era.

Um dominante exigente que buscava controle. Eu precisava quase no nível celular. A vida de um guerreiro não era garantida por muito tempo. Lutando contra a Colmeia, muitos Vikens não voltavam. De alguma forma, Erik, Rolf e eu tínhamos sobrevivido, sobrevivido aos horrores que envolviam e defendiam nosso planeta natal da insidiosa Colmeia forjada. Aquilo nunca terminava. Mesmo conosco não mais na linha de frente, a guerra continuava.

Com nosso serviço completo, assumimos o papel de guardas dos reis. Embora fosse menos mortal que as linhas de frente, ainda havia a ameaça. O SSV. Quem precisava da Colmeia quando o SSV destruiria nosso próprio planeta? A vida sempre era tensa, perigo constante, morte iminente. E assim o clube era uma saída para limpar a escuridão.

Para mim, eu poderia manejar uma chibata, um chicote, minha mão ou até meu pau para dar a uma submissa o que elas precisavam. Tomar o controle de uma amante para aliviar seu fardo, proporcionar um refúgio seguro para sua dor ou prazer, sua raiva ou desespero. Eu precisava quebrar os limites das minhas amantes, libertá-las da jaula de suas próprias mentes.

Foi uma bela dança, o equilíbrio entre mim e a mulher que eu dominava. Mas isso era tudo o que tinha sido, uma dança. Uma canção carnal, e depois, acabou. Sem olhar para trás, segui em frente. Acalmei a parte de mim que precisava domar, controlar, pelo menos por um período de tempo prescrito. Quando terminar, eu ficarei satisfeito, mental e fisicamente. Nada mais.

Agora, com a mãozinha aquecendo minha região lombar, havia mais. Muito mais. Eu não poderia dominar e foder Sophia e ir embora. Sabia o que ela queria, o que precisava, como forçá-la para possuí-la ainda *mais*, mas eu nunca permitiria que ela se afastasse. Ela era minha.

Ela abriria mão de todos os seus segredos, e eu também. E essa era a diferença. O clube estava cheio de corpos, com pessoas desesperadas por conexão ou liberação, e, no entanto, estava tão vazio de alma, de intimidade. Do amor. Não havia nada aqui, nenhuma conexão mais profunda do que uma foda rápida.

O ar que respiramos estava manchado de superficialidade. Só o fato de Sophia ver isso, para saber o quanto eu era vazio, me fez querer tirá-la do prédio, esfregá-la na imundície e me afundar nela. Ela era boa. Ela era tudo o que eu nunca soube que estava sentindo falta.

Eu não precisava da aceitação casual oferecida pelo clube. Eu tinha encontrado os laços de irmandade com Erik e Rolf e, agora, o desejo e a confiança que testemunhei nos olhos escuros de Sophia. Eu só tinha que esperar que ela não pensasse menos de mim, me ver com olhar cínico.

Quando essa caçada terminasse, eu olharia lá, nos olhos dela, e veria se eles tinham desejo. Vontade. Anseio. Ela podia ver além do verniz do clube para entender o que eu precisava dela? Ela iria querer o mesmo? Eu tinha que esperar que o acasalamento, o emparelhamento, garantisse isso. Não queria tê-la trazido aqui. Foi o dever que nos forçou a andar pelos andares do clube, não o desejo. Mas se ela olhasse para mim com desejo e necessidade, se este lugar puxasse dela uma fantasia profunda que precisava ser cumprida, eu não teria forças para negá-la. Não aqui, com corpos nus se contorcendo ao nosso redor.

Se ela precisasse, eu daria.

Por causa disso, a esperança de que ela precisasse da minha mão, minha boca, meu pau, a ânsia enchia meus passos enquanto caminhávamos para a última sala, o último lugar que tínhamos que procurar. Escolhi guardá-lo como último por um motivo.

Se nossas presas não estivessem aqui, era o local onde eu possuiria nossa parceira, a curvaria sobre um banco e a marcaria como minha para todo mundo ver. Eu queria exibi-la, dizer ao planeta: 'Ela é minha'.

Erik e Rolf se divertiram com ela, fodendo-a enquanto eu trabalhava para resolver esse mistério. Eles lhe deram prazer e tomaram seu corpo enquanto eu caçava. Eu nunca negaria a eles seu prazer a nossa parceira, nem poderia negar a mim mesmo. E me vi realmente ganancioso.

Quando circulamos pela sala, eu parei e a puxei para ficar diante de mim. Ela olhou nos meus olhos e balançou a cabeça em resposta à minha pergunta não dita.

Não.

Ele não estava aqui.

A tensão da caçada abandonou meu corpo, substituída por uma tensão de um tipo diferente. Eu levantei minha mão para segurar sua bochecha, ansioso para julgar sua reação ao meu toque. Sem o mal à espreita, eu poderia me concentrar em Sophia. Poderia transformar essa visita em algo apenas para nós. Sim, o lugar não significava mais nada para mim, a marca no meu braço, apenas uma lembrança de um passado vazio, mas eu poderia mudar isso. Poderia possuir minha parceira aqui, conectar-me com ela de uma maneira que nenhum de nós tinha imaginado antes.

Sim, já a possuí antes, mas ela estava cercada pelos três parceiros. Ela se rendeu primeiro a Rolf, depois a Erik. Não a mim.

Eu precisava que ela se entregasse a mim. *Eu*. A dor no meu peito era nova e desconhecida, mas eu não a afastei. Em vez disso, deixei que ela visse nos meus olhos, o desejo de sua aceitação.

— Gunnar. — Ela pressionou a bochecha na minha palma antes de se virar para dar um beijo no centro. Seu olhar voltou ao meu, suave e sombrio de desejo. — Eu vejo a fome em você.

— Eu quero você, aqui mesmo. Talvez especialmente aqui — Acrescentei.

Inclinei-me e reivindiquei sua boca em um beijo, esmagando seu corpo coberto pela capa ao meu. Sabia que ela não usava nada embaixo, e saber isso me queimava como fogo, fazendo meu pau aquecer e pulsar para ficar livre. Estar dentro dela.

Ofegando quando a soltei, ela olhou para mim com uma pergunta nos olhos. Eu ignorei todos na sala, estranhamente atento ao banco à nossa esquerda. A base estava forrada com novos brinquedos, plugues e vibradores. Açoites e porretes, óleo e cera também. Eu não podia negar a imagem queimando em minha mente dela nua e amarrada àquele banco com a bunda no ar enquanto eu lhe dava palmadas, enchia sua bunda e a fodia até que ela gritasse.

— Eu não estou com medo — Disse ela, sua voz apenas acima de um sussurro. Eu podia ver o bater pulsante no pescoço, sabia que, embora ela não estivesse com medo, ainda estava nervosa.

Agora era eu que estava tendo dificuldade em controlar o ar entrando e saindo dos meus pulmões quando abaixei meus lábios no ouvido dela e sussurrei: — Eu quero possuí-la em cima desse banco e amarrá-la com todo mundo assistindo. Quero encher sua bunda e bater nela, depois, te foder até você gritar.

— Sim, Mestre.

— Você quer isso aqui? Este lugar... eu vou te foder, mas não precisa ser aqui.

Ela olhou para mim com os olhos suaves, estudando, avaliando. — Quero isso. Quero ver como você era, como *ainda* é.

Balancei minha cabeça enquanto acariciava sua bochecha. — Eu não sou mais deste lugar. Eu recebo o que preciso de você.

Assentindo levemente, ela continuou: — E eu recebo o que preciso de você. E preciso que você faça... o que quiser. Aqui.

Ela estremeceu diante de mim e fechou os olhos em um gemido suave. Com os dedos trêmulos, pegou o laço no pescoço e puxou o nó. Ele cedeu em um deslizamento lento que me manteve hipnotizado quando a capa caiu no chão em uma poça negra, deixando-a nua diante de mim. Nua, exceto pelos sapatos brancos decadentes que a forçavam a andar com os quadris estendidos. Os saltos pontiagudos lhe davam mais altura e faziam suas pernas parecerem ainda mais longas.

Ela estava diante de mim com a cabeça baixa, como eu havia ensinado a ela, e sussurrava as palavras que eu tinha ouvido centenas de vezes antes. Nunca antes elas me fizeram sentir tão poderoso e tão vulnerável ao mesmo tempo. Desta vez, as palavras significavam tudo, porque elas vinham de uma mulher que era realmente minha, minha parceira. — Por favor, Mestre. Eu quero isso. Eu quero o senhor.

— Caralho — Assobiei entre os dentes. Meu pau ameaçava rasgar minha calça. — Você pode me dizer para parar a qualquer momento.

— Sim, Mestre.

Não queria mais conversar. Agarrei-a pela nuca e levantei sua cabeça para poder beijá-la. Não fui gentil, não tinha como ser gentil. Meu pau inundou meu corpo com luxúria, desejo, necessidade. Eu precisava fodê-la. Precisava preenchê-la com meu sêmen e observá-la se contorcer. Precisava conquistar.

Eu a beijei mais um momento e a levei até o banco, alinhando a frente de seus quadris com o descanso acolchoado que chegava à frente de suas coxas. Com a mão ainda em seus cabelos, empurrei a cabeça dela até que ela se inclinou sobre o banco com a bunda no ar.

— Levante os braços — Pedi.

Sophia levantou os braços e eu os prendi usando tiras grossas que estavam no lugar para esse fim. Quando ela estava de quatro, eu me abaixei e liberei meu pau duro da calça preta desconfortavelmente apertada. Cheio de necessidade, o pré-sêmen já revestia a ponta. A essência do meu pau deixaria seu corpo ansioso e pronto, mas eu não queria confiar no poder do sêmen para seduzir minha parceira. Precisava que ela me olhasse por vontade própria.

Nunca me preocupei em ser desejado. Mas nunca imaginei uma parceira minha, uma mulher que me amaria com cada grama de seu coração e alma. E de repente, eu desejava o amor e a aceitação dessa mulher que mal conhecia, precisava que ela me quisesse como eu precisava de ar para respirar.

Ela me deixava fraco e, no entanto, eu não conseguia ir embora. Aquilo era obsessão, não amor. Necessidade primordial. Eu não poderia amá-la em troca, a sensação que muito queimava do meu corpo pela dor. Eu amei uma vez e perdi tudo.

Não sobreviveria perder Sophia, se a amasse.

Rolf e Erik podiam dar-lhe palavras ternas e gentileza. Mas eu poderia dar isso a ela. Eu daria o que nós dois precisamos.

Liberdade da jaula de sua mente. Liberdade para experimentar a felicidade total além dos limites estabelecidos por culpa, vergonha ou julgamento. Eu a forçaria a me dar dor, e eu a beberia como a porra gananciosa que me tornei à primeira vista dela.

Ela jogou o cabelo por cima do ombro e olhou para mim, lambeu os lábios. Não vi medo em seus olhos, apenas luxúria crua e nua. Observando-a de perto, falei devagar para ter certeza de que ela entendia cada palavra.

— Vou bater em sua bunda, parceira, porque eu posso. Porque você gosta da pontada no seu traseiro nu. Vou fazer você queimar e, depois, encher essa bundinha apertada para que você esteja pronta para Erik na próxima vez em que o vir.

Ela mordeu o lábio e olhou para mim. — E você?

A pergunta era uma adaga para o meu coração palpitante. *E você?* Nenhuma amante jamais perguntou o que eu queria, o que eu precisava. Nenhuma. Elas tiveram o prazer que lhes era devido e foram embora, saciadas e despreocupadas com o que me custava lhes dar isso.

E você?

Caralho. Eu estava ferrado.

Inclinei-me e peguei uma raquete dos suprimentos pendurados no banco e a segurei para sua inspeção antes de continuar, perto o suficiente para que ela pudesse levar meu pau em sua boca.

— Me chupe, Sophia. Me chupa tão fundo que você não consiga respirar.

Ela abriu a boca e me tomou, girando a língua em volta da cabeça várias vezes, lambendo meu sêmen da ponta. Eu sabia o momento em que a essência da ligação em meu sêmen atingiu sua corrente sanguínea. Ela gemeu. Seus olhos se fechando quando ela se inclinou para frente. Ela me chupou até meu pau bater no fundo de sua garganta.

Deuses. Nunca experimentei tanto prazer. Ela esfregou a base do meu pau com a língua, me segurando no lugar. Chupando como se nunca fosse suficiente.

Joguei minha cabeça para trás e lutei contra o orgasmo, puxando minhas bolas em esferas apertadas e dolorosas entre minhas pernas.

Seu traseiro nu me chamava, tão redondo e perfeitamente curvado. Tão lindo.

Torcendo, cheguei embaixo dela e agarrei seu mamilo, torcendo e puxando suavemente enquanto balançava a raquete, batendo em sua bunda nua.

O barulho encheu a sala e me deixou vazio. Separado.

Ela empurrou e gritou em torno do meu pau. Eu me afastei, forçando-a a respirar, mas ela virou a cabeça quase imediatamente, me sugando mais uma vez. Suas costas se arquearam, enfiando o peito na minha mão e levantando a bunda no ar por outro golpe quente da raquete.

Mas eu precisava sentir sua carne, me conectar com ela como nunca me conectara com outra. A raquete era uma extensão, algo impessoal e distante, uma maneira de manter minhas emoções separadas do ato. Pela primeira vez na minha vida, eu precisava me sentir conectado. Precisava que fosse real.

Larguei a raquete e passei a palma da mão aberta, saboreando a sensação de sua carne macia enquanto a fazia minha.

Plaft!
Plaft!
Plaft!

Alguns frequentadores do clube pararam para assistir enquanto eu mexia meus quadris, fodendo cuidadosamente sua boca enquanto batia em sua bunda, em um vermelho brilhante e ardente.

Seus gritos suaves se transformaram em choramingos, depois, gemidos de necessidade. Continuei até que ela estivesse se contorcendo, pressionando os quadris para a frente, desesperada por pressão em seu clitóris, mas o banco não perdoou. Ela não conseguia se mexer, só podia aguentar o que lhe dava.

Acariciei-a gentilmente, afagando suas costas, sua bunda, enquanto ela continuava a me trabalhar com a boca. Forçando-me a focar na curva elegante de sua coluna, na redondeza madura de sua bunda, em vez de gozar. Estendendo a mão, eu esfreguei sua roseta apertada para que ela soubesse o que estava por vir, mas segui em frente e mergulhei dois dedos em sua boceta molhada.

Com um suspiro, ela pressionou contra meus dedos, tentando foder minha mão, mas as restrições ainda limitavam seu movimento e eu neguei a ela a única coisa que sabia que ela precisava.

Eu a negaria até que ela cedesse, até que ela implorasse.

Deslizando meu pau de sua boca quente e molhada, me movi para ficar atrás dela, acariciando as bochechas rosadas de seu traseiro nu com reverência. A pele estava tensa e quente, e eu sabia que apenas o toque da minha palma seria sensível para ela. Aquela bunda era minha. Eu poderia enfiar meu pau nela, se quisesse. Ela permaneceu relaxada e aceitando o meu toque, e eu sabia que ela não me negaria nada.

Mas queria que minha semente fosse plantada em seu ventre, meu filho crescesse em seu corpo. Talvez eu tenha feito isso na única vez que a possuí. Talvez Rolf ou Erik tivessem feito. Mesmo que eu a compartilhasse, eu ainda queria marcá-la, possuí-la, garantir que ela nunca pudesse me deixar.

Esse medo surgiu como um fantasma do túmulo e eu o empurrei para longe. Sophia não fazia parte do meu passado, apenas entrando no clube desta vez. Ela era o meu futuro. Um futuro que eu temia. Um futuro contra o qual lutei até o momento.

Peguei o óleo, cobri meus dedos e cuidadosamente enfiei meu dedo em seu buraco apertado, cobrindo-a bem, certificando-me de que ela estava pronta para o plugue que pretendia colocar em seu traseiro. Eu a observei com cuidado, do jeito que suas mãos se apertaram, sua coluna ficou rígida. A mudança de sua respiração. O brilho do suor que cobria sua pele corada. Quando em seguida encontrássemos Rolf e Erik, nós a reivindicaríamos de verdade, nós três – Erik na bunda dela, Rolf na boca, e eu em sua boceta quente e molhada. Nós a encheríamos de sêmen, com a nossa essência de união, até que ela fosse bem e verdadeiramente nossa. Viciada em nosso toque.

Os efeitos do poder de nosso sêmen diminuiriam nas próximas semanas, mas eu precisava que ela pertencesse a nós completamente antes disso, antes que seus trinta dias terminassem. Ela ainda podia mudar de ideia, encontrar outro parceiro no protocolo do Programa Viken de Noivas, mas era meu trabalho – não, todos os três, nosso trabalho – garantir que aquilo não acontecesse. Eu queria meu filho em seu ventre.

Antes que ela pudesse se afastar de nós.

Abrindo suas nádegas, trabalhei um plugue escolhido em seu corpo com extrema paciência, certificando-me de que não a machucava. Suas ofegadas eram impressionantes, pois aquilo era novo para ela. Eu estava enfiando nela e ela estava levando isso lindamente.

Quando estava sentado, esfreguei sua boceta gotejante com meu pau, cobri a cabeça larga com sua essência lisa.

— Gunnar! — Ela balançou a cabeça para frente e para trás, pressionando os quadris o mais para trás, tentando me aceitar. Ser preenchida em sua bunda e boceta ao mesmo tempo.

Eu bati na bunda dela com a mão nua e as costas dela arquearam. — Você não faz exigências, Sophia. — Puxei o plugue lentamente antes de enchê-la novamente, fodendo sua bunda do jeito que eu queria foder sua boceta. Envolvi meu punho em volta do meu pau e bombeei uma, duas vezes, recolhendo o pré-sêmen da ponta. Deslizei meus dedos cobertos de porra em seu núcleo molhado e observei, esperando com antecipação que ela reagisse.

Seu corpo empinou, suas costas levantando no ar enquanto ela se contorcia e me implorava, finalmente: — Por favor, Mestre. Por favor, me foda. Por favor, me faça gozar.

— Ah, implorando. Gosto de ouvir isso.

Satisfeito, alinhei meu pau com sua boceta molhada e deslizei para dentro quando meia dúzia de homens e suas submissas assistiam de todos os lados. — Abra seus olhos, Sophia. Abra seus olhos e veja como você é vista enquanto te fodo.

―――

Sophia

Gunnar entrou em mim como um homem das cavernas, sua necessidade primitiva e carnal, e eu acolhi cada impulso selvagem de seus quadris. O plugue que ele pressionava na bunda me esticava, seu pau aumentando a pressão à beira da dor, me empurrando cada vez mais alto. Eu adorava. Ele sabia, de alguma forma, me penetrar para além do que eu pensava que poderia lidar e para um novo lugar onde eu o amava. Não tinha controle, só podia aceitar.

Pensei que poderia chupar seu pau, rodar minha língua em torno da cabeça dilatada, mas ele não queria exatamente isso. Ele se enfiava cada vez mais fundo – embora com cuidado – na minha boca. Tive que respirar pelo nariz e me concentrar, e, ainda assim, ele foi mais longe, até tocar o fundo da minha garganta. Não podia me mover, afastá-lo.

Eu tive que tomar, queria fazê-lo... e aquilo fazia minha boceta chorar, meus mamilos se apertaram. Precisava daquilo, da possessão, juntamente com as pontadas da palmada. Deus, a dor nunca foi tão boa.

Ele ordenou que eu abrisse meus olhos, e eu o fiz com relutância, até ver os olhares calorosos de dois homens Vikens e suas mulheres me observando com olhos sombrios cheios de desejo.

Elas queriam o que eu tinha, aquelas mulheres. Elas queriam ser amarradas e possuídas, dominadas por seus parceiros.

Algumas talvez até quisessem Gunnar.

Pelo olhar nos olhos dos homens, as mulheres conseguiriam exatamente o que desejavam, exceto meu parceiro.

Ele era meu. Todo meu. E eu era dele. Completamente.

Gunnar se inclinou sobre mim, cobrindo minhas costas, seus braços estendendo a mão para puxar e amassar meus seios enquanto seus quadris batiam em mim por trás. Cada impulso enfiava o plugue um pouco mais fundo também, cada recuo movendo o objeto dentro de mim como se dois homens me fodessem, e eu não conseguia parar a imagem de montar no pau de Gunnar enquanto Erik me enchia por trás.

Sabia que seria Erik, pois ele já havia falado em reivindicar meu cu. Essa era a necessidade dele, de me tomar lá. Seu pau estaria duro e quente, e me encheria tão profundamente. Sentia os jatos quentes de seu sêmen quando ele gozava. Este plugue não era nada em comparação com o que eu recebi de Erik.

Apertei meus músculos em torno do plugue enquanto o pau de Gunnar entrava profundamente, a ponta tocando meu ventre. A força enviou um choque de dor e prazer pelo meu corpo por dentro e meus músculos entraram em colapso embaixo de mim quando a sensação sobrecarregou meu sistema. Eu não poderia fazer nada além de recebê-lo. Nada além de deixar os outros me verem me entregar ao meu parceiro.

Gunnar enterrou a mão no meu cabelo e deu um passo para trás, puxando-me com ele até minhas coxas saírem do banco e ele poder passar por baixo de mim para acariciar meu clitóris. Ele diminuiu o movimento de seu pau e segurou minha cabeça para trás, meu pescoço arqueado enquanto ele me fodia lentamente. Todos os nervos que terminavam no fundo acendiam à vida. Seu pau estava todo dentro de mim. Eu queria rápido e forte, mas não. Ele estava me torturando lentamente. Me provocando. Tão fodidamente lento que pensei que morreria de desejo.

— Gunnar, por favor — Implorei novamente. Eu só podia implorar. Ele me transformou em uma bagunça suada e carente e eu não me importava.

— Goze por todo o meu pau, Sophia. Goza agora — Ele ordenou.

Ele mexeu em meu clitóris rápido e enfiou fundo e eu gritei quando o orgasmo correu através de mim.

Gunnar não parou de se mover. Não me libertou. Ele me empurrou para outro alívio antes que eu tivesse tempo de me recuperar do primeiro. Quando finalmente parei, minha boceta tão inchada e sensível a cada impulso de seu pau duro, um deslize sensual me fazendo tremer e queimar por ele, ele me soltou.

Caí para frente, frouxa e aceitando o que ele queria de

mim. Eu me entreguei aos seus cuidados, completamente saciada e confortável, contente. Os outros podiam assistir, mas não significava nada. Éramos apenas Gunnar e eu. Eu precisava agradá-lo agora, deleitada com o poder do meu corpo para empurrá-lo para tais luxúrias primitivas, para uma necessidade irracional.

Ele levou seu tempo – ainda – me montando, usando meu corpo, enchendo e me empurrando para fora da saciedade para precisar mais uma vez. Desta vez, ele acendeu o fogo lentamente, a cabeça bulbosa de seu pau como uma crista de prazer quando ele enfiou na minha boceta molhada, inchada e sensível, e saiu.

Seu pau inchou e suas mãos duras agarraram meus quadris. Seu ritmo aumentou e eu sabia que ele ia gozar, para me encher com sua semente.

E eu queria tudo, cada gota. Queria possuí-lo como ele me possuía, saber que eu carregava um pedaço dele dentro de mim. Eu nunca quis perder essa conexão, ficar sem meus parceiros.

Segurando meus quadris em um aperto quase brutal, ele gozou, seu pau pulando e pulsando dentro do meu núcleo, me enchendo com sua essência, seu poder do sêmen. Congratulei-me com a onda de calor que sabia que seguiria. Segundos depois, a química em seu sêmen correu através da minha corrente sanguínea como o fogo mais doce, e minha boceta respondeu, apertando em espasmos ao redor de seu comprimento duro enquanto outro orgasmo me fazia gemer e tremer, a pressa indescritível, o vínculo tão forte que fechei meus olhos por medo, eu revelaria demais para aqueles que ainda o observavam ser conquistada de corpo e alma.

Quando acabou, ele gentilmente removeu o plugue e limpou meu corpo com panos apropriados e óleo perfumado antes de me soltar e colocar a capa sobre meus ombros. Com um suspiro, levantei meus braços em seu peito e levantei meu rosto para um beijo. Pela primeira vez, confiante de que ele não iria me negar.

Antes deste momento, Gunnar era o grande desconhecido para mim. Rolf era espirituoso e escondia a dor de seu passado com humor e inteligência. Erik adorava pensar, mas não carregava escuridão como Gunnar. Erik iria lançá-lo ao mundo, reclamaria ou berraria, permitindo que eu o acalmasse. Em apenas dois dias, conheci meus homens e me apaixonei por eles.

Mas Gunnar andava na escuridão. Impossível de ler, impossível de saber. Eu conhecia seu traço protetor, mas nada mais. Mas uma mulher pode aprender muito com o toque de um amante, e agora, eu sabia o segredo de Gunnar.

Acreditava que ele me amava, estivesse pronto para admitir ou não. Ele me amava. Ele moveria o céu ou o inferno para me proteger. Sua escuridão cortou sua alma, a solidão que ele carregava como um escudo em seu coração e tentava escondê-lo de mim. Mas era tarde demais. Ele me tocou, e eu sabia.

Mas eu seria paciente. As brincadeiras fáceis de Rolf escondiam um coração dolorido. A rispidez de Erik mostrava seu medo de me perder, de me ver morrer do jeito que ele foi forçado a ver sua família. Apesar do passado sombrio, de todos os meus parceiros, Gunnar era o que tinha mais medo do que me amar pudesse fazer com ele. Erik e Rolf haviam amado, sido amados. Mas para Gunnar, me amar era a maior vulnerabilidade, uma fraqueza que ele nunca se permitiu antes. Um salto que ele nunca deu, porque seu amor seria todo consumidor, poderoso e obsessivo.

Erik e Rolf me amariam, mimariam, me forçariam a revelar minhas necessidades, meus segredos mais sombrios. Mas o amor de Gunnar poderia nos abrir e nos afogar. No fundo, no núcleo mais instintivo e apaixonado da minha alma, entendi isso sobre ele de uma maneira que não conseguia explicar.

E, então, eu o alcancei agora, quando a fúria de seu pau duro enfiado em meu corpo estava acabada, porque senti que ele precisava ter certeza de que não tinha me quebrado, não tinha me assustado. Não pelo fato de estar no clube, ou com os outros assistindo. Não, Gunnar temia minha reação a ele, à sua natureza carnal. Pelo contrário...

— Gunnar.

Ele olhou nos meus olhos e eu não pedi permissão, não para isso. Estendi e enterrei as mãos em seus cabelos, puxando-o para um beijo.

O beijo não foi selvagem ou cheio de paixão, mas gentil, terno, um agradecimento por não poder falar em voz alta porque não acreditava que ele estivesse pronto para ouvir minhas palavras. Mas um beijo não podia ser negado. E, assim, eu agradeceria com a pressão suave dos meus lábios nos dele, o abraço confiante do meu pequeno corpo.

Ele não se afastou, mas permaneceu sob minha gentileza e eu sabia que estava certa. Ele precisava desse lado meu tanto quanto ele precisava do meu corpo montando seu pau. Ele precisava ser amado.

Depois de longos momentos, eu o soltei e recuei. — Isso foi... incrível, mas não encontramos o que procurávamos.

Vi os olhos dele mudarem, pois ele também se lembrava de nossa verdadeira missão. Uma boa foda certamente havia limpado nossas mentes de todo o resto. Por alguns minutos fabulosos, não fiquei preocupada com nada além do comprimento duro do pau de Gunnar me enchendo, a pontada aguda da palma da minha mão na minha bunda, a pressão carnal dele enchendo meu corpo com seu sêmen.

— Não, não encontramos. Talvez da próxima vez. — Eu podia ver e sentir a tensão retornando ao seu corpo na rigidez de seus ombros, na expressão sombria de sua mandíbula. Teríamos que voltar repetidamente até encontrarmos o homem que procurávamos. O futuro de todo o planeta repousava sobre meus ombros. E, por mais estranho que parecesse, fiquei feliz por eles terem me sequestrado acidentalmente durante o transporte. Que bom que tudo deu certo do jeito que aconteceu.

E se eu tivesse que voltar a este clube todos os dias por um ano e permitir que Gunnar fodesse meu cérebro com uma plateia, bem, isso era um sacrifício que eu estava disposta a sofrer. De fato, meu corpo tremia de excitação e antecipação pela sensação lembrada do toque dominante de Gunnar. A caça a um assassino me deixava tão tensa, meu corpo tão excitado com adrenalina e nervos aflorados, que o orgasmo tinha sido como uma explosão nuclear no meu sistema. Em curto-circuito, meu cérebro desligava.

Gunnar era como meu pulso eletromagnético pessoal.

— Leve-me para casa, Gunnar. — Eu precisava estar em casa, cercada por meus parceiros. Segura. Deus, eu só queria poder relaxar e deixá-los me abraçar. Eu estava tão cansada. A pressa da caçada ao capanga do SSV há muito desaparecida. E a especialidade e habilidade de Gunnar em me foder me desgastaram emocional e fisicamente.

Eu só queria ir para casa, e neste estranho novo planeta, lar era onde meus homens estavam. Todos os três.

— Com prazer, parceira. — Seus olhos haviam mudado, a cor sombria suavizou, a máscara desapareceu, permitindo que eu visse a gentileza que ele tentava tanto esconder do mundo. Eu estava olhando diretamente para sua alma, e me apaixonei por ele, forte e rápido, naquele momento.

Ele era meu, e nunca o deixaria ir.

Gunnar pegou minha mão e me levou para a entrada. Eu ignorei todos ao meu redor, focando na sensação de sua mão forte ao redor da minha enquanto ele me escoltava até a porta. Meu corpo estava relaxado e saciado, o poder do sêmen agora flutuando na corrente sanguínea me fazia sentir lânguida e contente. Feliz.

Era isso que era. Felicidade. Contentamento. Duas coisas que eu não sentia há meses.

Não, anos. Desde que o câncer de minha mãe apareceu pela primeira vez, fiz um acordo com o diabo na forma de Anthony Corelli.

Mesmo através da minha névoa induzida pelo prazer, o dever me obrigou a ouvir as vozes ao nosso redor, e assim o fiz, aliviada quando o homem que eu estava procurando não apareceu quando chegamos à entrada. Nossa visita foi um desperdício. Bem, talvez não, porque Gunnar e eu tínhamos nos conectado de uma maneira que não teríamos se estivéssemos em outro lugar.

Gunnar parou diante da porta, a pergunta em seus olhos, e eu balancei minha cabeça. Não. Eu não tinha ouvido a voz que procurávamos.

Estávamos a alguns passos da porta quando ela se abriu e um homem Viken e sua amiga entraram. Eles conversavam e brincavam, e eu balancei minha cabeça mais uma vez. Não, ele não.

A porta não se fechou e eu espiei ao redor do ombro de Gunnar para ver outro homem e mulher do lado de fora, educadamente segurando a porta para nós.

Gunnar entrou e eu segui um passo atrás dele, como era esperado de um submisso no clube. Ao passar pela porta aberta, agradeci ao homem Viken automaticamente.

— O prazer é meu.

Eu endureci instantaneamente, um calafrio percorreu toda a minha espinha quando me lembrei daquele timbre profundo dizendo algo completamente diferente.

Se ela não é da realeza, ou vale um resgate, mate-a.

Era ele. Oh, Deus. Medo e pânico correram para a frente da minha mente e eu agarrei o lado do uniforme de Gunnar com dedos rígidos. Aquela voz.

Olhei para o pulso do homem onde ele segurava a porta aberta.

Sim. Lá estava. A tatuagem.

Este era o homem que estávamos caçando, o homem que tentou matar a rainha, o homem que quase me custou a vida.

Gunnar

Senti Sophia quando ela ficou para trás, tropeçando no meu lado. Sua mão agarrou minha camisa com urgência, toda a suavidade desapareceu dela. Ficamos do lado de fora da entrada, o ar fresco refrescando após os cheiros enjoativos da porra do clube. Eu deveria estar relaxado, satisfeito com minha parceira, mas meu contentamento desapareceu no segundo em que entendi suas ações.

Minha presa estava diante de mim, um homem que eu conhecia muito bem. O Viken que segurava a porta para nós.

O casal ainda tinha que entrar, enquanto olhavam para nós visto estarmos parados. A fêmea usava uma capa idêntica à de Sophia, o capuz levantado para esconder suas feições. Eu só conseguia ver a metade inferior do rosto dela por baixo do capuz. Avaliei sua cabeça inclinada, as mãos cruzadas diante dela enquanto seu parceiro a conduzia ao clube por uma longa corrente de prata presa a um colar em volta do pescoço.

Não, ela não era a ameaça. A escrava não era quem me preocupava. Estava *transando* com ele.

Dorn.

— Gunnar, faz muito tempo. Estou surpreso em vê-lo aqui.

A mão de Sophia se moveu para a parte de trás da minha camisa, seus dedos curvando e cavando minha pele.

O homem que queria minha parceira morta estava diante de mim, e eu não podia fazer nada a respeito. Aqui não. Agora não.

— Dorn. — Eu disse seu nome em um tom normal, o melhor que pude quando a vontade de envolver minhas mãos em seu pescoço e estrangular a vida de seu corpo sem valor me inundou.

O homem tinha a minha altura, mas seu corpo não estava afiado pela luta, pela batalha. Ele era magro e flexível e inalterado nos longos anos desde a última vez que o vi. Eu o superava facilmente com mais de quinze quilos, mas não duvidei de sua velocidade, agilidade ou crueldade. Seus cabelos e olhos pretos combinavam com sua alma, seu desdém, sua natureza cruel. Eu o vi com mulheres dentro do clube muitas e muitas vezes. Olhando o colar de escravos em volta do pescoço de sua amante, imaginei que não havia mudado muita coisa.

Eu o assisti subjulgar muitos homens e mulheres, assisti-os se contorcerem e gritarem, chorarem e implorarem que ele parasse.

Ele nunca fazia, não até que estivesse pronto. Não até que ele os tivesse partido ao meio, levando-os para além do ponto em que desejavam ir.

Eu me encolhi nas primeiras vezes que testemunhei sua crueldade calculada e especialista. Mas meu mentor havia me instruído a assistir e aprender, e foi o que eu fiz. E fiquei chocado ao ver as pessoas que ele machucou voltarem uma e outra vez, implorando por mais. Implorando para ele as subjulgarem.

A dor nunca foi para mim, mas eu entendia. Ele se destacava em lidar com a dor e muitos no clube lutavam para servi-lo, para experimentar um gosto de seu chicote ou cajado. Não havia conexão pessoal entre Dorn e as mulheres que o serviam, apenas a dor suprimida por seu prazer. Ele era um sádico da forma mais verdadeira. Eu deveria ter ficado surpreso por ter passado tanto tempo nos últimos anos com o homem que trairia os três reis, o homem que se rebaixaria tanto a ponto de matar uma mulher bonita e uma criança inocente.

No entanto, não duvidei nem por um instante que a identificação de Sophia fosse precisa. Se alguém poderia planejar um assassinato com precisão gélida, era Dorn.

Nós dois éramos membros do clube há anos. Eu saí para lutar contra a Colmeia e servir a Viken, ele trabalhando como funcionário público, subindo nas fileiras do governo. Eu não sabia qual era o título dele agora, mas ele sempre foi um idiota arrogante. Eu sabia que ele teria uma marca no corpo dele em algum lugar. Ele sempre usava seu status de armadura e exercia sua influência como uma arma.

Ele estendeu o braço para uma saudação de guerreiro e trancamos os antebraços da mesma maneira que fizemos centenas de vezes antes. Olhei rapidamente para a mão dele onde ele segurava meu braço e encontrei exatamente o que estava procurando, um anel de sinete.

No dedo médio, havia um anel grande, uma seta preta em ouro, o símbolo de um membro do conselho do Setor Dois.

Caralho. Ele não era apenas ambicioso. Se ele chegou ao conselho, tinha riqueza e influência. Conexões. Ele não era apenas um idiota sádico, ele era perigoso. Porra.

Eu teria que matá-lo.

Quando tudo fosse dito e feito, quando os interrogatórios terminassem, eu teria que garantir que ele estivesse realmente terminado. Ele representava uma ameaça muito grande para a minha parceira se fosse permitido viver. Eu sabia que os três reis concordariam, preocupados com a própria parceira e filha. No momento, eu não era um servo dos reis, eu era um homem. E este imbecil ordenou que alguém matasse Sophia.

Levantei meu olhar do anel e encontrei seu olhar orgulhoso com fúria cuidadosamente depositada. Sophia estava em segurança atrás de mim, mas eu não tinha dúvida de que as coisas se tornariam críticas no momento em que ele visse o rosto dela.

Sophia era bonita demais, perfeita para escapar de sua atenção por muito tempo. E ele era um bastardo previsível, pelo menos da sua maneira, nunca se esquecia de uma mulher bonita.

— Vejo que você subiu as fileiras para um assento no conselho.

— E vejo que você sobreviveu à guerra com a Colmeia. — A voz irritou meus nervos. Eu me perguntava como Sophia reagiria, se ela tremeria com medo ou pânico pela lembrança, se o som da voz dele fazia seu coração disparar e o terror invadia seus membros.

Seu olhar foi para Sophia. Pelo canto do olho, vi que o capuz dela não estava levantado; se Dorn desse um passo à esquerda, ele a veria completamente. Virando, eu joguei o material para cima e por cima dela, protegendo-a da visão do homem, e coloquei minha mão atrás de mim a movendo para ficar completamente atrás das minhas costas, fora de seu alcance.

A decisão de ir embora fez meu sangue queimar como ácido, mas eu não o encararia aqui, não com Sophia ao meu lado. Recusava-me a colocar minha parceira em perigo. Agora que sabia quem ele era, cuidaria dele. Ele era um membro de alto escalão do Setor Dois, mas os três reis não permitiam que a política do conselho se colocasse em seu caminho. Dois era o meu setor, o setor de Rei Lev. O Setor Dois era famoso pela eficiência brutal de seus guerreiros, pelos homens que gostavam de estar no controle.

A fúria de Lev seria igual à minha. Nenhum de nós permitiria que esse bastardo vivesse por muito tempo.

Por enquanto, eu precisava levar minha parceira o mais longe possível dele. Por enquanto, tinha que pisar com cuidado.

— Sim. Eu tenho sorte — Respondi. — Se você nos der licença, estamos cansados. O terceiro andar foi tão divertido quanto eu me lembrava.

— Claro. — Ele inclinou a cabeça e eu dei um breve aceno ao casal, então, peguei o braço de Sophia e a puxei para perto de mim enquanto caminhava pela rua. Ela estava rígida e lenta, como se suas pernas estivessem dormentes, pois eu tive que puxá-la atrás de mim. Era como se a voz de Dorn provocasse um profundo medo nela ou a mandasse de volta ao choque. Coloquei-a debaixo do braço e tentei passar meu calor, minha força em seu pequeno corpo. — Eu tenho você, parceira. Ele nunca vai te ameaçar de novo, eu juro.

Ela estremeceu em resposta às minhas palavras, mas aumentou o ritmo, agarrando-se ao meu lado. Assim que viramos uma esquina da entrada, parei e a virei para me encarar. O céu estava escuro, mas as luzes da cidade iluminavam a rua. As pessoas estavam andando, caminhando para suas casas, seus locais de trabalho. A vida delas. Pessoas inocentes passavam por nós enquanto eu processava a verdade.

O SSV havia se infiltrado nos conselhos do setor. Os três reis temiam que o movimento recrutasse espiões e conspiradores das profundezas do governo. Suspeitei que seria esse o caso, mas não havia provas. Até agora. Até Dorn.

Inclinando-me, olhei nos olhos dela por baixo da borda do capuz.

— Não tenha medo.

Ela lambeu os lábios. Só um pouco, achava esse gesto inocente excitante. Agora, com os olhos arregalados de medo e ansiedade, vi aquilo como uma via de escape do estresse.

— Ele... era ele. Eu... por que você o deixou ir?

— Ele não vai fugir, eu prometo. Sei quem ele é agora, graças a você. Ele não vai escapar da justiça. — Disse a Sophia. Coloquei minhas mãos em cada ombro e a puxei para perto. Ela se derreteu em mim, aceitando minha proteção e força, confiando em mim para mantê-la segura, e meu coração inchou com uma forte dor que não sentia há muito, muito tempo. Sua fé me humilhou, me fez sentir completo, preencheu um vazio em mim que eu não tinha percebido que existia. Prometi ser digno, proteger minha linda parceira até meu último suspiro.

Ela se afastou e olhou para mim, seus olhos calorosos confusos. — Você o conhece? Ele é seu amigo? — Ela perguntou, sua voz mais forte.

Assenti uma vez, meu queixo cerrado. — Ele não é meu amigo. Eu o conheço há muito tempo. Ele pertence ao Clube Trinity há mais tempo que eu. Era um dos meus treinadores no programa de mestres lá.

Sophia fechou os olhos e estremeceu de repulsa. — Deus, como alguém poderia deixá-lo tocá-la?

— Ele é sádico e muito bom no que faz. Para aqueles que encontram alívio pela dor, ele é exatamente o que precisam.

Ela abriu os olhos e piscou lentamente. Uma vez. Duas vezes, enquanto minhas palavras eram processadas. — Então, ele gosta de machucar as pessoas?

Suspirei, inseguro se ela poderia entender as complexidades de necessidade que o Clube Trinity atendia. — Algumas pessoas gostam de dor, pequenina.

— Eu sei. É o mesmo na Terra. Eu só...

— O quê?

— Ele é... ele é mau, Gunnar. Pura maldade. — Ela enterrou o rosto no meu peito e passei meus braços em volta dela, fornecendo um lugar seguro para ela liberar sua raiva e medo. — Ele ia matar Leah e Allayna. Queria que aquele outro homem me matasse. Ele não hesitou. Falou sobre me matar como se estivesse pisando em uma aranha.

Eu a acariciei até que seus tremores parassem. — Vamos sair daqui e contar aos outros. Os reis cuidarão de prendê-lo. E quando eles terminarem com ele, Lev o matará.

Ela balançou a cabeça em negação e coloquei minhas mãos sob seu queixo, levemente levantei seu rosto e a forcei a encontrar meu olhar. — Se Lev não o matar, eu matarei. Ele nunca mais te ameaçará.

— É como na Terra — Ela respondeu. — É como se eu nunca tivesse saído.

— Por que você diz isso? — Eu sabia pouco sobre o

planeta longínquo, mas reconheci a resignação, o som da derrota na voz da minha parceira, e não gostei.

— Existem muitos nomes para grupos como o SSV. Terroristas. Máfia. Cartéis. Gangues. O título é irrelevante, mas sempre há um líder, alguém com... lacaios e mais soldados a pé e recrutas abaixo deles. É como as raízes de uma árvore, elas se espalham e permeiam todos os aspectos da sociedade. Governo, polícia, bancos, tudo. As pessoas abaixo são dispensáveis, e também as do meio. Mas aqueles no topo são protegidos a qualquer custo. É cruel e ninguém está seguro. E você nunca sabe em quem confiar e quem foi comprado.

— Sim — Respondi. — Isso soa bastante semelhante ao SSV.

— Foi assim que fui presa. Eu estava na base. Era dispensável. Aquele cara, Dorn, ele está na base? — Ela perguntou.

— Não, receio que não. Ele faz parte do conselho no Setor Dois. Ele subiu para uma posição de poder.

Ela estremeceu, os olhos preocupados. Incapaz de resistir a oferecer conforto, acariciei sua bochecha. — Não tema, parceira. Vou cuidar disso. Você fez sua parte.

— Sim — Disse uma voz atrás de mim. — Ela tem sido uma coisinha muito ocupada.

Agarrando Sophia, eu me virei para enfrentar nosso inimigo e a empurrei para trás de mim.

— Dorn — Eu o cumprimentei com os dentes cerrados, me perguntando exatamente o quanto ele havia ouvido.

Ele ficou lá, a luz lançando sombra sobre o rosto, a fêmea ao lado dele. O rosto dela ainda estava coberto pelo capuz, a postura de uma verdadeira submissa. Dorn se inclinou e murmurou para sua fêmea. Ela assentiu sob o capuz, virou-se e caminhou de volta na direção do clube.

Dorn levantou a cabeça e voltou sua atenção para mim. — Você escolheu uma parceira, Gunnar. Parabéns.

Dei de ombros com uma casualidade que escondia minha raiva. Eu não queria o bastardo perto de Sophia.

— Parece que os reis também estão satisfeitos com a noiva da Terra — Disse Dorn.

— Como você sabia que ela era da Terra? — Perguntei. As fêmeas de Viken eram bastante parecidas com as da Terra. Diferente do planeta Xerima, onde as fêmeas eram altas, fortes e ferozmente musculosas, suas mulheres eram mais propensas a matar um homem do que cavalgar seu pau, a suavidade de Sophia se misturava com facilidade. Não tínhamos anunciado que tínhamos uma parceira, nem que ela tinha vindo da Terra. Somente aqueles nos centros de transporte e os guardas que cercavam a Família Real sabiam do acasalamento.

E Dorn. Porque ele foi o único a cruzar os transportes. Porque era ele quem a queria morta. E a descobriu.

— Minha posição me permite acessar bastante dados.

Eu não podia permitir que Sophia permanecesse. A máscara de Dorn caiu. A única maneira de ele sobreviver agora era matar a mim e Sophia. Se eu pudesse distraí-lo, ficar entre ele e minha parceira, ela deveria conseguir. — Volte para o clube, Sophia. Chame Erik e espere por mim lá.

Quando lhe dei um pequeno empurrão entre as omoplatas para movê-la, Dorn esperou calmamente, agindo como se ele permitisse que ela passasse por ele.

Quando ela estava fora de alcance, ele puxou uma pistola de íons de dentro do casaco e apontou para mim. — Sophia, é?

Sophia congelou no lugar, os olhos arregalados de terror quando ela olhava do blaster para mim e de volta. — Sim.

— Venha aqui. Agora. Ou Gunnar é um homem morto.

Eu vi a batalha acontecer atrás dos olhos dela. — Não, Sophia. Apenas corra. Vai.

Ela mordeu o lábio, aquele hábito nervoso que achava tão agradável, e deu um passo para colocar o peito diretamente na frente da pistola de íons. — Deixe Gunnar fora disso, Dorn. É entre você e eu.

Dorn agarrou-a pelo braço, girou-a e pressionou o blaster na lateral da cabeça. — As mulheres são sempre tão estúpidas, Sophia. Isso nunca foi sobre você. É sobre salvar Viken.

Quando Dorn pressionou a ponta da pistola de íons na testa de Sophia, eu a vi tremer de dor, mas ela não emitiu nenhum som. Seu olhar pegou o meu e a resignação que vi lá me assustou mais do que a pistola. Ela faria algo estúpido para tentar me salvar. Pude ver nos olhos dela, no conjunto rígido de seus ombros e na linha teimosa de seu lindo queixo.

Ela tinha sido usada por homens como Dorn na Terra, e vi a determinação nela, a raiva.

E aquilo me aterrorizou.

Estendi minhas mãos, mais para implorar à minha parceira do que ao homem que a segurava. — Não faça nada estúpido. Podemos conversar sobre isso.

Dorn riu, o som oco e sem alegria. — Conversar, Gunnar? O SSV não conversa. Os reis precisam morrer. Eles interromperam séculos de honra e tradição.

— Não é uma honra para você, Dorn. É sobre poder.

Conheço sua família a vida toda. A velha linhagem de reis.

Dorn disse: — Os legítimos governantes de Viken. A criança rainha não tem o direito de usurpar nossa reivindicação. Ela é uma criança alienígena nascida de uma mãe alienígena. — Inclinando-se, ele enterrou o nariz nos cabelos de Sophia, respirando seu doce aroma. — Como esta cadela alienígena aqui.

Dorn a sacudiu e puxou os cabelos até ela estremecer, gritando de dor. A raiva aumentou como um monstro dentro de mim pela tensão gravada em seu rosto, pelo prazer doentio que vi no dele.

Sophia era a única coisa que importava para mim. Naquele momento, percebi o quão completamente ela havia conquistado meu coração.

Sem ela, a vida não tinha sentido.

Sophia tinha que viver. E Dorn? Ele morreria, bem aqui, agora, mesmo que ele me levasse com ele.

SOPHIA

Eu era um peão. Dorn, o filho da puta, me queria morta porque eu acidentalmente tinha visto muito. Eu era o fio solto que estava arruinando sua vida cuidadosamente escondida como membro do SSV. Toda essa porra de situação foi exatamente como o que aconteceu em casa com os Corellis. Eles não me deram escolha a não ser contrabandear para eles. Eu conhecia seus rostos, conhecia seus crimes – meus crimes – e podia acabar com eles.

Para me impedir de identificá-los, eu que fui entregue ao FBI, aquela que foi pega em flagrante, considerada culpada e sentenciada à prisão. Não eles. Não importava que eu fosse inocente de tudo e quisesse salvar a vida de minha mãe. Depois de receber o dinheiro do tratamento médico da minha mãe, eles me possuíam. Me usaram. E quando minha mãe se foi, eles mantiveram minha própria vida, minha liberdade, a vida dos meus primos sobre minha cabeça. Peguei o dinheiro para salvar minha mãe, sem perceber que havia vendido minha alma no processo.

E, então, eu fiz o que eles queriam que eu fizesse. Contrabandear. Mentir. De novo e de novo. Até eu ser pega. Então, fui jogada fora, condenada.

Percebi, com a arma espacial de Dorn na minha cabeça, que se eu ficasse na Terra, provavelmente estaria morta. Mesmo na prisão, meu conhecimento teria sido um perigo para os Corellis. Certamente eles tinham alguém lá dentro que seria capaz de me matar. Para eliminar a ameaça.

Assim como Dorn estava fazendo agora. Uma vez morta, e Gunnar comigo, Dorn era um homem livre.

Eu podia sentir a tensão vibrando no corpo de Dorn. A energia que vinha dele me fez pensar em um animal selvagem, machucado e encurralado. Desesperado. Disposto a roer o próprio pé para escapar da armadilha.

— Diga adeus — Ele sussurrou.

Dei uma última olhada em Gunnar, seu rosto bonito, mesmo marcado pela raiva e medo. Ele era perfeito, tudo o que eu queria em um parceiro. Em um dos meus parceiros. Eu segurei seu olhar quando senti a pistola pressionada na minha testa, decidida para o que devia fazer. Eu tinha que salvá-lo a qualquer custo. Se eu pudesse conseguir alguns segundos para Gunnar, seria tudo o que ele precisava para alcançar Dorn, para detê-lo.

— Gunnar — Eu disse, minha voz trêmula. — Eu... eu amo você.

Dorn riu. — Tão perfeito.

Prendi a respiração, pois sabia que o tiro viria a qualquer momento. Eu estava sem tempo.

Gunnar pulou em nossa direção quando eu bati meu cotovelo no intestino de Dorn e bati meu calcanhar em seu peito do pé.

— Piranha! — Dorn gritou comigo quando eu bati minha cabeça em seu queixo o mais forte que pude e lutei contra sua pistola. Envolvi minhas mãos em seu pulso grande e coloquei toda a força que eu tinha em empurrar a arma para longe da minha cabeça.

A arma disparou. A estranha luz passou direto pelo meu rosto e atingiu a parede do edifício mais próximo de nós. Do outro lado da rua, as pessoas gritavam e se afastavam para fugir.

Eu me libertei do aperto de Dorn no momento em que Gunnar me alcançou, me jogando no chão sob sua estrutura maciça. Ele me cobriu quando ouvi outro tiro, atingindo o chão a centímetros da cabeça de Gunnar.

— Gunnar! — Gritei o nome dele e tentei tirá-lo de mim quando ouvi outro zumbido estranho.

Gunnar ficou tenso com o som. — Caralho, fique abaixada!

Com mais medo da urgência no comando de Gunnar, me encolhi enquanto ele se levantava para pegar Dorn.

Eu rolei para o meu lado enquanto Gunnar atacava nosso inimigo. Ele estava a poucos passos. Dorn levantou a arma que tinha e apontou para meu parceiro com um olhar de pura malícia, torcendo seus traços em uma máscara cruel de ódio.

Um som estranho, depois, um chiado estranho me

deixaram imóvel. Eu me encolhi depois de ver os olhos de Gunnar se arregalarem, com medo de que ele tivesse levado um tiro. Apertei todos os músculos do meu corpo, avaliando a situação enquanto levava em minhas mãos e joelhos na direção de Dorn. Eu não deixaria meu parceiro morrer nas mãos de alguém tão vil, tão corrupto. Gunnar merecia bem mais que isso.

O aperto de Dorn em sua arma afrouxou, depois caiu, a arma batendo no chão duro a seus pés. Pisquei confusa enquanto o observava cair no chão. Confusa, olhei para cima e descobri que metade do rosto dele se fora, uma confusão horrenda e carbonizada de ossos e carne e cérebro exposta me fez gemer. Rolei para o meu lado, engasgando, o conteúdo do meu estômago revirou e vomitei quando fechei meus olhos, a imagem de sua morte queimou nas minhas retinas até que eu não consegui escapar da visão.

Gunnar se lançou em mim. Mais rápido do que eu pude processar, Gunnar me levantou e correu na esquina, longe de Dorn. Gunnar me pressionou contra a parede do prédio mais próximo, bloqueando meu corpo com o dele.

— O que aconteceu? — Perguntei, meu cérebro confuso, meu coração batendo forte.

— Sniper — Disse Gunnar.

Ele olhou por cima do ombro, apertou o dispositivo de comunicação. — Desçam aqui. Agora. Temos um atirador de elite atirando em Sophia.

— A caminho. — A voz de Erik veio pelo alto-falante no pulso de Gunnar, sua segurança calma me ajudou a respirar. Erik deve ter encerrado a ligação porque Gunnar não falou mais.

— Não se mexa — Ele disse quando tentei me afastar.

A parede era implacável contra minhas costas, o corpo duro de Gunnar inflexível na minha frente. — Alguém está atirando, caralho!

Todos que estavam na rua haviam fugido antes, mas o único tiro e o cadáver garantiram que todos ficassem longe.

Balancei minha cabeça. — Não. Você está errado, Gunnar. Estamos seguros agora. Estou segura.

— Do que diabos você está falando? Vê Dorn? Ele só tem metade da cabeça. Nós não vamos lá.

— Era o SSV — Eu disse.

— Dorn trabalhava para o SSV.

Eu balancei minha cabeça. Tudo fazia sentido, pelo menos para mim. — Não mais. Seu disfarce foi rompido. Eles o mataram. Ele era um passivo.

Gunnar estava no modo guerreiro. Seus sentidos aumentaram, seu corpo pronto para lutar. Ele estava desamparado ali com Dorn me segurando como refém. Ele não tinha arma, não tinha como me salvar. Aquele desamparo se foi agora.

— Sophia, do que diabos você está falando?

Eu sabia que o tom dele não estava realmente focado em mim. Ele tinha que ver além do cadáver e pensar, mas estava muito irritado. E eu não tinha dúvida de que era por minha causa. Eu era a fraqueza dele aqui, o calcanhar de Aquiles dele.

Segurando seu queixo, eu o forcei a olhar para mim. Somente quando seus olhos escuros seguraram os meus, eu falei: — Assim que o identificamos, assim que eles souberam que eu estava viva, Dorn se tornou um passivo da SSV.

Gunnar olhou para mim, mas um pouco da rigidez o

deixou. — Agora que ele está morto, você não pode prejudicar a SSV.

— Certo. Eu não sou ninguém, Gunnar. Confie em mim. Sei como essas pessoas agem. Sou inútil para eles. E agora que Dorn está morto, nem valho o esforço ou a energia para matar. — Suspirei, fechando os olhos e imaginei um atirador de elite em uniforme negro no cinema em casa. — Quem deu o tiro já se foi. Assim que matasse Dorn, ele desapareceria como um fantasma.

Gunnar se mexeu e eu abri meus olhos para vê-lo inspecionando a calçada atrás de nós, inclinando-me para olhar para as janelas dos edifícios, as linhas do telhado.

— Vê alguma coisa? — Perguntei.

— Não. Sua lógica é sólida, Sophia. — Ele se virou para mim e levantou os braços contra a parede em ambos os lados da minha cabeça, me enjaulando. — Mas não vou deixar você ir até Erik e Rolf chegarem. Não posso arriscar.

Não discuti ou lutei, simplesmente me inclinei para a frente e colei meu corpo no corpo muito maior e mais forte do meu parceiro, ansiosa pelo conforto que ele oferecia. Mesmo se o atirador tivesse sumido, a adrenalina bombeando através do meu corpo me fazia tremer. Eu sabia que levaria muito tempo para eu processar isso, para tirar da minha mente a imagem da morte de Dorn. Mas o alívio corria em mim, deixando meus joelhos fracos. Eu estava segura agora. Ninguém lá fora tentando me matar.

Eu poderia ser apenas uma parceira, uma cidadã comum. Uma grande e gorda ninguém.

Levantei minha mão para poder passar meu polegar sobre sua barba por fazer.

— Acho que vou ter que agradecer aos Corellis. — Eu dei um pequeno sorriso, sabendo a sorte que tive por deixar a Terra. — Tenho certeza de que eles nem pensam mais em mim. Mas graças a eles, estou emparelhada com algum alienígena espacial louco que eu amo.

Isso chamou a atenção de Gunnar e ele se afastou o suficiente para pressionar sua testa na minha. — Você disse que me ama, parceira.

Levantando as duas mãos em seu rosto, eu o segurei para garantir que ele sentisse meu toque. Queria que ele sentisse minhas palavras também, até sua alma. — Eu te amo, Gunnar. Eu sei que é loucura, rápido demais e totalmente ilógico, mas...

Gunnar me calou com um beijo que curvou meus dedos dos pés. Passei meus braços em volta de sua cabeça e segurei firme quando ele me puxou para perto e me fez esquecer todos os últimos minutos do inferno.

— Gunnar! — Erik gritou.

Gunnar se afastou então, e eu respirei fundo. Na minha frente estavam Erik e Rolf em pé sobre o corpo morto de Dorn com uma série de guardas. Guardas Reais invadiram os dois lados da rua, entrando em prédios e iluminando holofotes pelos becos e cantos escuros. Erik e Rolf usavam seus uniformes de guarda de Viken Unida, completos com armas e a armadura leve que reconheci.

Depois de um minuto, Rolf ficou parado ao nosso lado, o tempo todo sua pistola estava erguida, seu olhar procurando nos prédios ao nosso redor.

— Sophia está segura agora — Disse Gunnar. — E o sniper já se foi.

Os dois homens franziram a testa e não se afastaram.

— Explique a eles, Sophia — Ordenou Gunnar.

Todos os três homens olharam para mim, mas depois

que comecei a falar, dizendo a Erik e Rolf o que eu havia dito a Gunnar, eles permaneceram vigilantes.

— A SSV só se preocupava em eliminar Dorn. Não eu. Ele foi identificado. Era o responsável. Fui apenas um erro estúpido — Insisti.

— Mas você pode implicá-los — Disse Erik, abaixando a arma.

— Não. Eu só poderia implicar Dorn. A SSV não tem motivos para me matar agora. A menos que eles matem por esporte, estou segura. Eles não querem nada comigo.

— Faz sentido — Disse Rolf, me puxando para um abraço. Eu senti a batida frenética de seu coração enquanto ele me segurava. Ele estava quente e eu desfrutei seu perfume familiar.

— Então a SSV continua. Não fizemos nada para derrubá-los — Disse Erik, decepcionado.

— Não, eles perderam um membro do conselho de alto escalão do Setor Dois. E estamos livres — Disse Gunnar. — Sophia está segura.

Rolf me passou para Erik, que também me abraçou.
— Isso me tirou dez anos da minha vida.

Gunnar resmungou concordando.

Os homens estavam ao meu redor em um círculo protetor. As pessoas começaram a sair dos esconderijos, as vozes falando, alguém pairou sobre o corpo até que um membro da Guarda Real o revistou e montou um perímetro. Eu os ignorei. Não ligava para o que eles faziam. Tinha meus homens. Estávamos seguros de uma vez por todas. A SSV podia continuar sendo um flagelo para Viken, mas não era minha batalha, pelo menos não agora. Não tinha mais um alvo nas costas.

— Podemos ir para casa agora? — Perguntei.

— Sim — Respondeu Gunnar. —, vamos levá-la para casa o mais rápido possível.

— Você não me possuiu há pouco tempo? — Perguntei, provocando.

— Eu não — Respondeu Rolf.

— Nem eu — Erik acrescentou, erguendo as sobrancelhas. — O que Gunnar fez com você lá? Quero detalhes, parceira, e quero que me conte todos os detalhes malcriados.

Aquele era Erik, falando sujo. Minha boceta e o cu apertaram, lembrando. — Ele... ele me preparou para vocês três.

Erik rosnou. — Para reivindicarmos você juntos?

Eu assenti.

— Então, você nos aceita como seus parceiros? Sem segundas dúvidas? Não há negação?

Rolf acariciou o dedo na minha bochecha. As mãos de Erik estavam nos meus ombros. Gunnar não me tocava, mas seus olhos estavam cheios de desejo.

Mas ele me tocaria, me encheria, me foderia. Queria todos eles.

— Sim, aceito vocês três como meus parceiros. Quero que vocês me levem para casa e me façam esquecer tudo, menos vocês.

Erik

Rolf e eu andávamos impacientemente, esperando. Tentamos relaxar, mas era impossível. Claro, Gunnar a manteria segura, definitivamente a foderia enquanto estavam no clube, mas o tempo parecia ter mudado em um ritmo glacial. Quando ele nos alcançou pelo Inter-Com, suspiramos de alívio. Mas aquilo durou pouco.

Puta merda.

Tem um sniper atirando em Sophia.

Aquelas não eram palavras que esperávamos ouvir, nem no tom levemente frenético de Gunnar. Nós nunca o ouvimos frenético antes. Não era uma palavra que eu usaria para descrevê-lo. Nunca.

Mas agora, com Sophia em perigo, era ruim. Acabamos de encontrá-la, nossa parceira, entre todos os planetas do universo. Ela foi milagrosamente emparelhada com nós três e, agora, sua vida estava ameaçada. Novamente.

Saltamos sobre os móveis, derrubamos pessoas que estavam no nosso caminho para alcançá-los. Foram necessários dez minutos intermináveis para atravessar a Cidade Central e encontrá-los. Não poderíamos deixar de notar a enxurrada de Vikens saindo da área. Pessoas falando sobre alguém sendo baleado, um morto, nos fizeram correr ainda mais rápido. Então, vimos o corpo esparramado no chão, o sangue se acumulando espesso e escuro na rua. Não era Sophia. Nem Gunnar.

O alívio bombeou em minhas veias. Não era nossa parceira. Não era Gunnar. Aquilo não significava que eles estavam seguros. Porra, nem sabíamos se o Viken morto era o homem misterioso de Sophia.

Não tínhamos ideia de quem ele era, metade do rosto se foi. Gunnar atirou nele de perto?

Não hesitamos, já que não havia dúvida de que ele não era mais um perigo, apenas erguemos nossas próprias pistolas de íons e procuramos por outros.

E quando encontramos Gunnar e Sophia, meu coração

finalmente se acalmou. Merda, nunca tive tanto medo na vida e passei anos lutando contra a Colmeia. Imaginar o que aconteceu com Sophia foi suficiente para me afastar permanentemente da vida de um guerreiro. Eu estava ficando velho demais para essa merda. Era hora de me estabelecer em uma vida tranquila como Guarda Real e voltar para casa para foder nossa parceira pelo resto de nossas vidas. Talvez a encha com um bebê ou dois. Uma garotinha que se parecesse com Sophia, mas primeiro um garoto para protegê-la. Como se três pais guerreiros Vikens não fossem suficientes.

Olhei para Rolf, vi o alívio em todas as linhas de seu corpo também.

Gunnar rapidamente confirmou que o cadáver era a 'voz', mas saber que era Dorn tinha me deixado furioso. Eu sabia quem ele era, já o vira uma ou duas vezes, mas não tinha a conexão do clube com ele como Gunnar.

E depois de ouvir o que aconteceu, sabia que a SSV era mais insidiosa do que imaginávamos. Não era possível derrubá-la em um dia. Era uma rede do mal, criando uma conexão sempre crescente que se espalhava pelo governo, pelas comunidades e até pelos setores. Poderíamos retardá-la, e talvez com a morte de Dorn, tivéssemos, mas não havia terminado. Como a Colmeia, a batalha continuaria.

Quanto a Sophia, suas palavras soaram verdadeiras. Ela estava a salvo, pelo menos da SSV. Eles não chamariam mais atenção para si. Ela não valia a pena. Não com três guardas reais como parceiros. Não com Dorn morto. Embora ela não estivesse mais segura do que ninguém em Viken contra as ameaças da SSV, ela não era mais um alvo.

Estava na hora de fazê-la nossa. Ela queria isso. Eu precisava disso. Eu não tinha pensado muito sobre o período de decisão de trinta dias dela. Apenas presumi que se ela tivesse sido emparelhada com três Vikens, certamente não havia mais bons emparelhamentos. Nós que éramos para ela. Eu sabia, e agora ela sabia também. Estava na hora de fazê-la nossa.

Nunca imaginei que teria uma segunda família. Não, Gunnar e Rolf não eram irmãos de nascimento, mas ainda assim éramos unidos pela batalha, pela honra e por Sophia.

Sophia.

Foi ela quem fez a nossa família. Sem ela, éramos três guerreiros. Sim, irmãos. Mas agora éramos parceiros, amantes, protetores. Ela pertencia a nós, assim como nós pertencíamos a ela. Não haveria como nos separar agora. E assim que a tivéssemos sozinhos, a reivindicaríamos completamente. O vínculo seria permanente.

―――

Rolf

De volta aos nossos aposentos, a salvo na fortaleza real de Viken Unida, levei Sophia direto para o posto médico, apesar de ela insistir que não estava ferida. Rosnava toda vez que o médico colocava a mão nela, mesmo que fosse um toque clínico. O sorriso no rosto do Viken mais velho me dizia que ele achava minha possessividade engraçada.

Nós não dissemos a ele sobre Dorn ou a SSV. Se tivéssemos, o homem certamente não estaria sorrindo.

Somente quando o médico me garantiu que ela estava bem, eu a levei de volta para nossos aposentos e direto para o banheiro, onde a deixei nua e a levei para a banheira. Não falei, pelo menos não muito mais do que instruções com uma única palavra. Não conseguia. Ainda não tinha me estabelecido. Eu era o calmo do trio de companheiros, mas, neste momento, estava inquieto. Ela tinha estado muito perto da morte. Novamente. No curto período em que esteve em Viken, ela teve mais perigo do que muitos cidadãos Vikens que viveram aqui a vida inteira.

E, no entanto, Sophia não era uma guerreira. Nem era Viken. Ela era uma alienígena pequena, inteligente, atrevida e voluntariosa, mas havia sido alvo da SSV e sobrevivera. Duas vezes, e nem havia tempo para defendê-la. Até Gunnar, o mais cruel de nós, ficou impotente.

Por duas vezes, foi demais. E, então, eu tentei aliviar meus medos. Tinha acabado. Ela estava em segurança. A SSV não viria atrás dela, como ela havia dito. Ela era apenas uma noiva Viken agora. Nada mais. E, caralho, obrigado por isso.

Agora era hora de lembrá-la disso, da razão pela qual ela foi inicialmente emparelhada. Ela *era* nossa noiva e hoje à noite a reivindicaríamos juntos.

Desta vez, o banho foi mais clínico do que romântico. Fazia apenas um dia desde que tínhamos compartilhado um antes e, ainda assim, muita coisa mudou. Limpei seu corpo de toda sujeira, sangue e, de certa forma, sua mente, do que havia acontecido.

Ela queria ser reivindicada por nós, e precisávamos dela totalmente pronta. Ela disse que estava quando estávamos na rua, o corpo de Dorn esparramado atrás de nós, mas a adrenalina se esgotou para todos nós. Sim, o alívio era palpável, mas as memórias também.

Era meu trabalho, enquanto Gunnar e Erik tomavam banho em outro lugar, aliviar as preocupações de Sophia.

— Estou bem, Rolf — Disse ela, pegando o sabão de

mim. Eu a lavei duas vezes e, aparentemente, ainda estava chateado. *Ela* estava me acalmando.

Usando o dedo para indicar que me virasse, eu o fiz. Ela lavou minhas costas e eu gemi. A sensação de suas mãos pequenas era atraente. Saber que ela estava segura e inteira e limpando minhas costas era como um bálsamo para o meu medo.

— Você teve um trauma — Eu disse a ela, gostando da maneira como seus dedos brincavam sobre meus ombros.

— Sofri um trauma nos últimos dois anos — Respondeu ela. — Tudo começou quando minha mãe ficou doente, quando precisou do remédio caro. Mas não mais. Chega de dor e sofrimento. Chega de caras maus. Estou pronta para o futuro. Não o passado. É o que minha mãe iria querer. Isso é o que *eu* quero.

Eu me virei e peguei suas mãos, olhei para seus olhos escuros. Ela parecia diferente, com os cabelos presos para trás. Simples. Pura. Perfeita.

— Você não planeja fodê-la sozinha, planeja? — Erik perguntou, nu como no dia em que nasceu, de braços cruzados. Ele e Gunnar estavam ao lado da banheira, com um sorriso no rosto.

Olhamos para eles e não pude deixar de notar o sorriso fácil no rosto de Sophia.

— Nós três somos parceiros dela. Ele não tem paus suficientes para fazer isso — Acrescentou Gunnar. Foi bom ouvir o tom de provocação em sua voz.

Eu sorri — Eu poderia dar um jeito.

Sophia riu e o som aliviou algo cru em mim. Erik e Gunnar também se acalmaram.

Talvez não fosse meu papel acalmar os outros dois. Durante todo o tempo, eu fui o pacificador, o calmo, quem tirava a luz do perigo sem fim que enfrentamos na luta contra a Colmeia. Gunnar era uma porra de mal-humorado e rápido para se enfurecer. Inferno, Erik sempre tinha ficado absolutamente zangado. Triste, até. Eu sempre mantive meus sentimentos sob controle para ajudar a domar esses dois. Mas agora, com Sophia, não poderia fazer isso. Estava tão cru, zangado e frustrado quanto os outros. Não podia mais domá-los. Mal podia me domar quando se tratava de Sophia em perigo.

Mas ela me acalmou. Aliviou minhas preocupações, meus medos. Minha raiva. O trabalho dela agora era cuidar de nós três e eu gostava daquilo. Precisava. Precisava saber que poderia estar com raiva ou chateado, bravo ou mesmo fodidamente puto e ela não se importaria. Ela me abraçaria ou lavaria minhas costas e tornaria tudo melhor novamente.

Nós pertencemos a ela. E, agora, era hora de ela pertencer a todos nós. Para sempre.

Gunnar estendeu a mão. — Vem, amor. Vamos torná-la nossa.

10

S*ophia*

Nossa. Oh, sim. Acabei de foder Gunnar – bem, na verdade, ele *me* fodeu e muito bem – há pouco tempo. Nas poucas horas desde então, tudo mudou. Encontramos o cara que me queria morta. Dorn segurou uma pistola de íons na minha cabeça e percebi exatamente o quanto meus parceiros significavam para mim.

Estava disposta a morrer para proteger Gunnar. Sem adivinhações, sem dúvidas. Apaixonei-me por meus parceiros mais rápido do que seria possível. Afinal, era exatamente o que a Guardiã Egara, no centro de processamento de noivas, havia me prometido. O processo de emparelhamento foi projetado para encontrar parceiros perfeitos para mim. E, com a mão daquele idiota em volta da minha garganta e a arma na minha cabeça, percebi que eram perfeitos.

Rolf me encantou e me seduziu com sua boa aparência dourada e inteligência afiada. A paixão e dedicação de Erik, a lealdade franca e a 'boca suja', combinadas com o fato de que ele parecia um deus viking, me fizeram desejar estar em seus braços. E Gunnar, meu macho alfa sombrio e pensativo, tinha um coração tão desinteressado, tão dedicado ao serviço e ao dever, que doía cada vez que olhava para ele.

Embora soubesse que queria os três guerreiros Vikens antes, a experiência de quase morte só fortaleceu minha determinação. Esses três caras corajosos, possessivos e dominantes eram meus. Eles me queriam.

O jeito que eles estavam me encarando não deixava dúvidas. A mandíbula de Gunnar estava apertada. Os olhos de Erik brilhavam com o desejo. O corpo normalmente relaxado de Rolf parecia pronto para atacar. E os três tinham paus que podiam bater pregos. Ou me encher de todas as formas.

Sim, por favor.

Assim como eu disse a Rolf, tinha sido um pesadelo por dois anos. Tudo começou com o telefonema do consultório médico, a visita onde descobrimos o câncer de minha mãe. O remédio que ela precisaria para viver. O custo. Os Corellis. A barganha. Tudo o que fiz por eles valeu a pena. Sim, fiz coisas ruins. Contrabandeava drogas e dinheiro pelo país, mas deu à minha mãe mais seis meses.

Não me afastei dos Corellis quando me afastei do túmulo de minha mãe. Eles mantiveram o poder sobre mim, forçando-me a continuar. Meu trabalho, minha arte, inferno, todo o mundo da arte perdeu sua cor, seu brilho. Eles arruinaram minha vida. E quando fui presa por meus crimes, eles não me salvaram. Fui jogada na cadeia, condenada a vinte e cinco anos – vinte e cinco! – pelo crime de amar demais minha mãe.

Mas todo momento, todo segundo daquele tempo torturante me levara a este momento, a esses Vikens. Os meus parceiros. Destino? Possivelmente. Se não tivesse procurado os Corellis, feito um acordo com eles, nada disso teria acontecido. Eu não estaria em Viken.

Era aqui que eu pertencia. Não havia nada – ou ninguém – na Terra para mim. Minha mãe gostaria que eu seguisse minhas paixões, como sempre fazia com minha arte. Mas agora, meu mundo mostrou-se brilhantemente não de tintas e redemoinhos de cores, mas por causa de Gunnar, Rolf e Erik.

Ela os teria amado. Chocada talvez por ter três maridos, mas não duvidava do amor deles por mim. Eles não disseram isso em voz alta, pois tinha sido muito cedo, mas eles mostraram.

E agora, com a mão de Gunnar estendida, eu poderia ter tudo. Poderia realmente pertencer completamente a eles. Tudo que tinha que fazer era colocar a palma da mão na dele. Os três fariam o resto.

Não duvidei, nem questionei, nem pensei quando estendi a mão para ele. Assim que nossas mãos se encontraram, ele me puxou da banheira para seus braços, sem se importar que eu estivesse pingando.

Ele me beijou, feroz, sombrio e carnalmente. Toda a sua paixão reprimida, e raiva, frustração, necessidade – toda emoção – derramavam dele no beijo.

Eu peguei tudo, tudo o que ele tinha para me dar.

Um pano esfregou nas minhas costas, secando minha pele, nem uma vez Gunnar levantou a cabeça.

As mãos nos meus ombros me giraram, separando nossos lábios. Um sorriso malicioso no rosto de Erik foi tudo o que vi com meus olhos cheios de paixão antes de sua boca assumir. Ele tinha um gosto diferente, sua necessidade diferente. Mais quente, mais nítido, seu beijo me consumiu. Onde Gunnar era todo uma paixão sombria, Erik era todo calor, fogo. Brilho.

Senti o peito duro de Gunnar contra minhas costas, Erik na minha frente. Eu estava entre eles, sem espaço para me mover, para fazer qualquer coisa, exceto sentir. Mas algo estava faltando. Não, alguém.

Virei minha cabeça, suspirei o nome. — Rolf.

Ele estava lá ao meu lado, sorrindo para mim, acariciando meus cabelos molhados. — Precisa de mim também?

Assenti. — Preciso de todos vocês.

Ele me beijou então, suas mãos segurando meu rosto enquanto as mãos de Erik e Gunnar corriam sobre mim, segurando meus seios, puxando meus mamilos, acariciando a curva da minha bunda, deslizando entre minhas coxas para acariciar minha carne mais sensível.

Choraminguei com o ataque deles aos meus sentidos. Era esmagador.

Os lábios de Rolf deixaram os meus e fui levantada no ar, carregada da lateral da banheira para o quarto, abaixada para ficar de pé diretamente ao lado da cama.

— Posso ter te fodido algumas horas atrás, querida, mas preciso de você novamente — Disse Gunnar.

Erik rosnou. — Não a fodemos hoje à noite.

— Seu pau precisa descansar — Acrescentou Rolf, o canto da boca inclinando-se. — Erik e eu podemos lidar com isso se você não quiser.

Todos nós olhamos para o pau de Gunnar. Estava longe de precisar descansar.

— Você acha que algum de nossos paus terá descanso pelos próximos dias?

Minhas paredes internas se apertaram com a ideia de eles me possuírem com tanta frequência. Minha excitação escorreu pelas minhas coxas.

— Dias? — Erik acrescentou. — Semanas.

Rolf balançou a cabeça. — Meses.

— Para sempre — Respondi, tentando acabar com essa briga de menino bobo. — Nunca vou me cansar de vocês três. Nunca.

Eles se moveram em minha direção como um grupo. Recuando, esbarrei na cama, caindo nela, então, eu estava sentada diretamente diante dos três. Todos os três paus grandes, duros e ansiosos balançavam diretamente na frente do meu rosto.

Levantando um dedo, passei levemente no líquido que escorria das três pontas. Eu olhei para eles através dos meus cílios, conhecendo o poder da essência escorregadia.

Senti o calor, a intensidade do fluido quando tocou apenas a ponta dos dedos, mas quando levei até a boca, provei o sabor misto deles, quase gozei. Era tão poderosa, essa necessidade que tinha por eles, pois correspondia à necessidade deles por mim. Esse sêmen, o poder dele, foi feito para mim. Só eu. Provei seu poder, sua necessidade, seu amor.

Queria aquilo. Eu os queria. Queria tudo.

Desisti da Terra e ganhei o universo.

―――

Gunnar

. . .

Ela era tão linda, tão perfeita diante de nós. O olhar travesso em seus olhos foi rapidamente substituído por um desejo tão ardente que fiquei surpreso por ela não explodir em chamas. Quando lambeu nosso sêmen combinado, seu corpo respondeu e a necessidade tomou conta dela. Seus mamilos se apertaram, sua pele ficou vermelha, seus olhos se fecharam, seus músculos amoleceram. Eu sabia que sua boceta estava pingando. Eu podia sentir o cheiro de sua excitação almiscarada.

Aqui não era o clube. Era a nossa cama, onde verdadeiramente tornaríamos Sophia nossa.

Agora.

— Eu te peguei duro mais cedo no clube. Desta vez, não vai ser foda, amor.

Rolf sacudiu a cabeça enquanto se acomodava na cama, a cabeça apoiada nos travesseiros. Esticando um dedo, puxou Sophia em sua direção.

Ela olhou para ele, depois, para Erik, então, para mim. Lambeu os lábios. — Não, não será — Ela repetiu enquanto se arrastava nua, e estava perto o suficiente para beijá-lo. Seus seios caíram pesadamente abaixo dela e não pude deixar de passar a mão sobre sua bunda exuberante. Erik deu a volta na cama e se ajoelhou do outro lado dela.

Ela estava cercada e logo seria preenchida. Ela tomaria todos nós.

— Monte em mim. — As palavras de Rolf foram misturadas com beijos e ela jogou uma perna sobre a cintura dele, sem interromper o beijo.

Ele a beijou por um minuto longo e lento, mas eu sabia o que Rolf queria, o que ele sempre quis.

Sophia gritou quando ele a levantou, movendo-a para que sua boceta se estabelecesse diretamente sobre sua boca. Erik e eu assistimos enquanto Rolf a trabalhava com a boca, a cabeça jogada para trás e os quadris apertando o queixo dele enquanto Rolf a agradava.

Incapaz de resistir, Erik se inclinou para frente e levou o seio à boca, puxando e chupando enquanto Rolf trabalhava sua boceta molhada por baixo.

Nossa parceira colocou as mãos na cabeceira, preparando-se quando a mão de Erik desceu, para provocar a entrada dos fundos. O cu virgem que em breve seria preenchido com seu pau.

Eu os deixei tocá-la, o prazer de Sophia suspirando e gemendo como afrodisíaco. Quando Erik levantou a cabeça do seio de Sophia com um aceno para mim, joguei para ele o tubo de óleo que ele precisaria para preparar o cu da nossa parceira para o seu pau.

Ela estava pronta para levar todos nós. Ela estava pronta desde o clube.

Sorrindo, Erik apertou uma grande quantidade em seus dedos, cobrindo-os.

Com cuidado, deitei-me ao lado de Rolf e levantei Sophia de seu corpo, colocando-a sobre o meu.

— Gunnar! — Sophia gritou como uma garotinha e eu realmente ri quando coloquei seus quadris baixos, meu pau duro pressionado entre nós. — Vou te foder, parceira.

— Deus, logo! — Sophia exigiu enquanto Erik e Rolf riam.

No futuro, eu daria uma surra em sua bunda e a faria esperar. Fazendo-a implorar. Mas agora, não conseguia pensar além da necessidade de estar dentro de sua boceta quente e molhada. Precisava reivindicá-la, marcá-la, garantir que ela nos pertencesse sem questionar.

Eu a levantei e inclinei meus quadris, deslizando seu

núcleo quente sobre meu pau duro em um deslizamento longo e suave.

Sophia gemeu e se inclinou para frente, reivindicando meus lábios em um beijo que roubou meu coração e minha respiração. Ela me reivindicou com seu beijo, marcou meu coração e alma como dela. Enterrei minhas mãos em seus cabelos e a segurei em mim, devorei seu amor como um homem morrendo de fome quando eu empurrei uma vez. Duas vezes. Com força. Indo mais fundo.

Ao meu lado, Rolf riu. — Compartilhe, Gunnar. Essa boca é minha.

O som de um tapa forte encheu a sala e Sophia pulou em cima de mim quando Erik bateu em sua bunda. O movimento me fez gemer e parei o beijo.

— Tudo bem, se apresse. Não aguento mais.

— Mova-se, Gunnar. Mude para o lado. — Rolf estava de joelhos perto do meu ombro, seu pau duro parado em atenção e nivelado com a cabeça de Sophia. Eu a levantei um pouco, inclinando seu tronco para Rolf enquanto Erik se ajoelhava abaixo de nós, com as mãos na bunda de Sophia.

— Não, mova-se dessa maneira. Preciso de suas pernas além do limite — Erik insistiu.

Sophia riu e eu sorri para o seu olhar ansioso enquanto nos movia até os joelhos dela na beira da cama, minhas pernas muito mais longas dobradas no joelho para pendurar do lado, meus pés no chão. Meu pau na boceta dela, onde pertencia.

Erik estava atrás dela, apertando sua bunda, brincando com seu buraco sensível. Ele demorou um pouco, certificando-se de que Sophia estivesse pronta para ele lá, revestindo seu interior com o óleo escorregadio. Rolf se mudou conosco, ajoelhando-se mais uma vez no meu ombro. Tudo o que Sophia precisava fazer para levá-lo à boca era inclinar os ombros para o lado e envolver aqueles lábios deliciosos em torno de seu pau.

Enterrado profundamente dentro da boceta apertada de Sophia, senti os dois dedos de Erik deslizarem dentro de seu corpo. Ele a encheu com eles, entrando e saindo enquanto sua boceta se apertava no meu pau como uma pinça e eu gemi com as provocações prolongadas de Erik.

— Pelos deuses, Erik. Foda-a. Agora.

Envolvendo minha mão em sua cintura, puxei Sophia em minha direção, tranquei seu abdômen no meu, de modo que sua bunda se inclinou em direção a Erik como uma oferenda. Com a mão de Rolf segurando sua nuca e minhas mãos ao lado, ela não estava presa, mas sabia que a segurávamos. Que a tínhamos exatamente onde a queríamos.

Erik provocou a todos nós, deslizando os dedos escorregadios sobre a entrada dos fundos. Seus músculos se contraíram e tremeram quando ele começou a circular um dedo, depois, pressionou para dentro, mais profundo desta vez.

Ela ofegou e Rolf se curvou, reivindicando sua boca enquanto mexia um pouco os quadris. Olhei rapidamente para Erik, que assentiu e começou a esticá-la aberta o suficiente para deslizar três dedos para dentro. Sua boceta se esticou quando ele a encheu, apertado como um punho em volta do meu pau.

— Oh, Deus. — Sophia arrancou os lábios do beijo de Rolf e um gemido suave escapou de seus lábios. Erik sorriu triunfante, aceitando sua resposta como um convite para continuar.

— Logo, amor, todos estaremos dentro de você —

Prometeu Erik. Seus dedos se moveram dentro dela, indo cada vez mais fundo, depois, se afastando, imitando o que seu pau faria em pouco tempo.

Rolf soltou o pescoço dela e se afastou. Seus olhos se encontraram e seguraram. Enquanto Erik era quem deixava seus nervos em chamas no fundo de seu cu virgem, Rolf tinha sua única atenção. — Pega meu pau, Sophia. Chupa fundo — Ele murmurou. Seu tom agradável de sempre era áspero com a necessidade.

Erik deslizou fora os dedos dela enquanto ela alinhava a boca sobre o pau de Rolf. Eu soube no segundo em que o pré-sêmen tocou seus lábios, pois sua cabeça caiu e ela gemeu. Afundando em mim, ela levou Rolf profundamente em sua boca, avançando até que ele desapareceu completamente e vi a protuberância de seu pau no topo de sua garganta.

— Sim — Rolf mal podia respirar enquanto ela o fodia com sua boca bonita.

Deslizei minhas mãos da cintura para os seios, passando meus dedos entre nossos corpos para brincar com seus mamilos intumescidos. Ela gemeu e meneou, puxou a cabeça para trás até que apenas a ponta do pau de Rolf estivesse em sua boca, depois, o levou fundo mais uma vez.

Fiquei parado, mas não por muito tempo. Nenhum guerreiro Viken poderia sobreviver a uma boceta como a de Sophia sem se mexer.

Erik colocou mais lubrificante nos dedos e continuou sua preparação, aproveitando seu tempo agradável, curtindo a peça anal. Eu não podia fazer nada além de esperar, mas estava gostando da vista. Gostando de ver nossa parceira entre nós, recebendo todas as nossas atenções. Amando aquilo. Nos amando.

Eu não tinha falado as palavras, mas não havia dúvida. Ela tinha nossos corações tanto quanto nós o dela.

Erik assentiu para mim, tirando-me das minhas noções românticas.

— Ela está pronta. Isso mesmo, amor — Disse Erik, revestindo seu pau com o lubrificante. — Vou te foder agora.

Ela assentiu, os cabelos deslizando sobre os ombros enquanto Rolf se soltava da boca. — Sim — Ela sussurrou. — Faça.

— Você nos aceita como seus parceiros, Sophia? Porque isso é para sempre — Falei.

Seus olhos encontraram os meus e, embora estivessem cheios de paixão, vi uma estranha curiosidade lá.

— Esta é a cerimônia de reivindicação?

— Sim — Rolf disse, tocando sua bochecha. — Não há volta, amor. Nós seremos seus para sempre.

— Sim — Ela repetiu. — Quero vocês. Vocês três. — Seus quadris saltaram sobre o meu pau e cerrei os dentes quando senti a grande parte do pau de Erik deslizar dentro de seu corpo.

— Este é o meu pau, relaxa — Instruiu Erik. — Respira fundo. Bom, deixe sair. Sim, assim. Mais uma vez. Bom, sim, estou dentro.

Sophia gemeu, seus olhos se fecharam, permitindo-lhe um momento para saborear a sensação de dois paus. Sabia que o pré-sêmen de Erik a penetrara, facilitando a reivindicação. Ela queria, mas o poder do sêmen adicional tornaria ainda melhor para ela.

Ela era nossa, completamente. A reivindicação havia começado. Não havia como voltar atrás.

Ela era nossa.

Nossa parceira.
Nosso futuro.

———

Sophia

Erik avançou, me abrindo com seu pau enorme. A picada aguda diminuiu para uma agonia de sensação. Nunca estive tão cheia. Tão fodida.

O pau de Gunnar estava com as bolas profundas na minha boceta molhada, tão grande e exigente que quase tive um orgasmo apenas pela sensação dele me esticando.

Com os meus dois parceiros enterrados no fundo, olhei nos olhos de Rolf, Rolf dourado, e sorri. O sabor do seu pré-sêmen permaneceu na minha língua, o calor ardente da minha garganta provava que eu não estava imune ao seu poder do sêmen, ao coquetel químico em sua semente que me fazia uma bagunça louca e com tesão. — Você quer estar dentro dessa parada?

Ele parecia confuso com minha gíria da Terra, mas me levou literalmente. — Sim, colega. Eu quero foder essa boquinha linda.

Imaginei uma mulher desavisada entrando em um centro de processamento de noivas na Terra e revivendo *isso*. Gunnar embaixo de mim, brincando com meus seios enquanto seu pau me enchia por baixo. Erik atrás de mim, seu pau no meu cu, me fazendo queimar, contorcer e me sentir presa. Desamparada. Conquistada da maneira mais elementar que se possa imaginar. E Rolf olhando para mim com tanto desejo, tanta luxúria, que eu não podia mais negá-lo do que cortar meu próprio coração do peito.

Esses homens eram meus. Meus. Para sempre. E eu daria a eles o que quisessem. Qualquer coisa que eles precisassem.

Com um sorriso, circulei a ponta do pau de Rolf com a minha língua e o observei tremer enquanto eu o provocava.

Plaft!
Plaft!
Plaft!

— Não provoque ele, parceira. Chupe o pau dele. — A palma de Erik bateu na minha bunda com um estalo agudo e eu gritei, indo para frente para escapar dele. Mas as mãos de Gunnar voltaram aos meus quadris, e ele me segurou no lugar enquanto Erik me batia, seu pau enterrado profundamente, bem ao lado de Gunnar. Nunca estive tão cheia. Tão esticada.

A sensação adicional da picada na minha bunda foi demais, e tentei escapar, mas Gunnar me segurou no lugar enquanto Rolf negava com a cabeça, balançando o pau na frente do meu rosto, esfregando o pré-sêmen nos meus lábios. — Você quer que paremos? — Ele se inclinou enquanto eu lambia meus lábios, desfrutava da queima de sua essência na minha língua. Ele pressionou os lábios no meu ouvido. — Ou você quer que a gente entre em você, foda até perder o controle, até você gritar?

Ele se ajoelhou diante de mim e todos os meus três homens pararam de se mover, esperando que eu respondesse. Parar agora? Ou deixá-los me encher, me tomar. Reivindiquem-me. Fodam-me até eu perder a cabeça.

— Vem. — Dei a ordem para Rolf quando eu

empurrei de volta o pau de Erik e apertei meus músculos internos para atormentar Gunnar, e seu controle de ferro, debaixo de mim. Quando o pau de Rolf estava onde eu queria, olhei por cima do ombro para Erik. — Amo você, Erik. Quero que você me foda. Não para. Nunca para.

Plaft!

Erik bateu na minha bunda e gemi quando o calor se espalhou. — Droga, mulher. Isso foi por me dizer agora, quando não posso beijar você.

Sorri para ele, sem arrependimento quando ele respondeu: — Te amo, Sophia. Você é minha.

Voltei minha atenção para Gunnar, plantando um beijo suave e persistente em seus lábios para que ele soubesse que ele era meu também. Eles eram todos meus. Levantando minha cabeça, olhei nos olhos dele. — Eu te amo.

Ele me puxou de volta para um choque impiedoso de língua e dentes, seu beijo tão carnal e cheio de necessidade que minha boceta pulsou em torno dele em resposta. — Amo você, parceira.

Rolf esperou pacientemente quando me virei para ele. Apenas por diversão, lambi seu pau novamente, girando minha língua em torno da ponta como se fosse um sorvete derretido. Ele sorriu para mim. — Você vai ser um problema, parceira. Eu posso dizer.

Eu sorri. — Também te amo, Rolf.

— Amo você, Sophia.

Assim, nós éramos uma família. Eu sabia que eles nunca me deixariam e nunca me cansaria de suas atenções.

Movendo meus quadris para frente, me afastei dos paus de Gunnar e Erik. Quando os dois se moveram em minha direção em protesto, eu os bati com força. Bastante força. Ambos gemeram e aproveitei o momento, chupando o pau de Rolf até atingir o fundo da minha garganta.

Tensão construída no ar. Palmada. Rolf agarrou meu cabelo e saiu da minha boca, enfiando profundamente uma e outra vez. Não sei se eles estavam coordenando de propósito ou não, mas o ritmo de Erik combinava com o de Rolf quando um tomava minha boca e o outro, minha bunda. Juntos. Juntos para fora. Dentro. Fora.

Tremendo de desejo reprimido, inclinei meus quadris, movendo-me para frente e para trás, tentando esfregar meu clitóris contra o corpo duro de Gunnar. Debaixo de mim, ele gemeu, seu peito enorme brilhando com calor e suor enquanto eu o montava e o pau de Erik esfregava profundamente dentro de mim.

Quando a mão grande de Gunnar deslizou entre nossos corpos para esfregar meu clitóris, meu grito de encorajamento foi distorcido pelo enorme pau de Rolf na minha boca. Mas Gunnar me ouviu, seus dedos deslizando sob mim, exatamente onde eu o queria.

— Monta em mim, Sophia. Me dê seu clitóris. Foda meus dedos também.

Meus olhos reviraram na minha cabeça quando Erik enfiou as bolas profundamente no meu cu. Gunnar levantou da cama, dirigindo-se a mim com seu pau e empurrando meu clitóris em seus dedos. Rolf empurrou fundo, se afastou. Para dentro.

O orgasmo rolou através de mim e minhas pernas estremeceram quando apertei o pau de Erik na minha bunda e o pau de Gunnar no meu núcleo. O pau de Rolf chupei fundo, segurando-o até ficar tonta por falta de oxigênio.

Minha liberação os estimulou e todos se moveram,

enfiando e se retirando em abandono selvagem. Seu curso e ritmos descontrolados me deixaram louca, me empurrando para outro orgasmo.

Rolf foi o primeiro. Ele gozou na minha garganta, seu poder de sêmen como um inferno de necessidade se espalhando por mim. Minha boceta apertou Gunnar quando gozei novamente. Minha liberação fez Erik e Gunnar perderem o controle, seus paus derramando dentro de mim enquanto ambos pressionavam profundamente e se seguravam, como se tentassem me encher com suas sementes também.

A dose extra do poder do sêmen Viken me fez gozar novamente, todo o meu corpo parecia ter sido mergulhado em um banho quente. Meu sangue estava em chamas, o orgasmo forçando todos os músculos do meu corpo a se apertar e soltar quando minha boceta entrou em seu espasmo final.

Quando acabou, caí no peito de Gunnar, meu próprio corpo ofegando. Rolf rolou de lado ao meu lado, passando a mão pelos meus cabelos e pelas minhas costas com movimentos lentos e suaves. Erik tirou seu pau de mim lentamente, como se relutasse em sair, e deitou no outro lado de Gunnar. Eu me virei para encará-lo e tentei sorrir, mas me senti muito bem, mesmo por isso.

Os olhos de Erik estavam sombrios e sérios quando ele esticou o braço e colocou uma mecha de cabelo atrás da minha orelha. Os dedos dele tremiam. — Nós nunca vamos deixar você ir.

— Nunca — Concordou Rolf.

A resposta de Gunnar, com seu pau ainda dentro de mim, foi levantar seus quadris e me fazer ofegar de

tremor quando seu corpo esfregou meu clitóris sensível.
— Para sempre, Sophia.

Deitei minha cabeça sobre o coração pulsante de Gunnar e fechei os olhos, ouvindo a batida forte e constante. — Para sempre — Concordei.

EPILOGUE

*S*ophia, Viken Unida, Festa de um ano da Princesa Allayna

A música suave tocada em segundo plano, algo que eu esperaria de um quarteto de cordas em casa, mas com notas estranhas como uma harpa. Uma iluminação quente tremeluzia nas paredes com estranhas lanternas decoradas com desenhos de espadas, escudos e lanças dos três setores, as silhuetas criando sombras estranhas e incomuns que se deslocavam e se moviam ao meu redor. O enorme salão de festas estava cheio enquanto o povo de Viken Unida ria e dançava. As mulheres estavam vestidas em excesso, seus vestidos longos, elegantes e de cores vivas. Seus cabelos com penteados elaborados, todos adornados com flores, joias ou brilhos variados, transformaram a pista de dança em um fluxo brilhante de beleza.

E aqui estava eu. Meu vestido era de um laranja profundo e vibrante, da cor do pôr do sol do outono, e ia até o pé. Pesadas em volta do meu pescoço eram as joias brilhantes que cobriam meu peito e pulsos como um raio preso dentro de âmbar. Eu nunca tinha visto nada assim antes. As joias, um presente de Erik, pertenceram à mãe dele. Ele alegou, ao colocá-las em volta do meu pescoço, que nunca pensou em vê-las em outra mulher.

Ele me honrou e eu conhecia meu parceiro. Sabia o que ele havia passado para deixar de lado a dor do passado. Dar-me o colar era a prova de que ele deixaria o passado para trás, mas ainda assim sua mãe continuaria viva. Ver-me vestir o que lhe pertencia a mantinha viva para ele, mesmo que tivesse demorado, muito tempo. Ele havia perdido uma família quando seus pais morreram, mas ganhou uma nova. Uma com um futuro tão brilhante que fazia meus olhos lacrimejarem.

Nós quatro estávamos prontos para seguir em frente agora, para nos concentrar no que viria a seguir.

Rolf e Erik estavam fora em um negócio secreto, mas Gunnar estava ao meu lado e eu sorri para ele. Ele parecia espetacular em seu habitual preto, mas o contentamento que via em seus olhos quando ele olhou para mim era minha verdadeira alegria.

— Você é tão bonita, tudo o que consigo pensar é em te foder.

Caí na gargalhada. Oh, sim. Esse era o meu Gunnar. Direto. Bruto. Tão sexy e exigente. Deixava-o fazer o que quisesse comigo, com meu corpo, e ele sabia disso. — Comporte-se, Gunnar. O estilista levou mais de uma hora para arrumar meu cabelo — Provoquei, mas deslizei minha mão na dele, desejando seu toque.

Esse pequeno contato deve ter sido suficiente, pois ele resmungou e me levou para a pista de dança. Eu não sabia os passos, mas ele me puxou para perto e simplesmente me carregou como uma menininha enquanto seguia os passos da dança Viken. Senti o seu amor, sentio de forma diferente do que quando cheguei. Antes, tinha sido uma poderosa proteção, mas parecia distante. Agora, eu sabia que ele me dava tudo. Todo ele.

— Eu não sabia que você sabia dançar.

— Sou um homem simples, com necessidades simples.

Tentei entender aquilo. — E dançar é uma necessidade?

Gunnar sorriu e abaixou os lábios para que eles acariciassem minha orelha enquanto ele respondia: — Não, amor. Segurar uma mulher bonita é a necessidade. Dançar é o que vou sofrer para abraçar você.

Ah, então, não era tão diferente dos homens da Terra, afinal.

Sorri e relaxei em seu abraço enquanto a música crescia ao nosso redor. Não prestei atenção para onde ele me levava, contente em estar em seus braços até a música parar.

Quando a multidão se separou, Gunnar me pôs de pé diante dele e colocou as mãos nos meus ombros. A posição era uma afirmação flagrante, e eu a aceitei. Eu tinha orgulho de ser dele. E queria que todas as mulheres na sala soubessem que ele era meu. Só meu.

E por falar nisso, onde estavam meus outros parceiros? — Onde estão Erik e Rolf? Eles se foram há muito tempo.

— Dez minutos não é muito tempo.

Suspirei. — Parece mais tempo. — Eu me inclinei contra meu parceiro, pressionando minhas costas contra seu peito e ele me segurou, como eu sabia que ele faria, enquanto os fornecedores, ou cozinheiros, ou o que diabos eles os chamavam neste planeta, desenrolavam um enorme e rosa bolo de aniversário branco. O bolo era tão chique e elaborado quanto qualquer bolo de casamento que eu já vi em casa, com várias camadas, divisórias em camadas que separam toda a confecção em cerca de vinte seções diferentes.

Na frente, havia um pequeno bolo redondo com flores rosa brilhantes e uma vela para a aniversariante.

— Atear fogo a uma vela e soprar é uma tradição estranha no dia do nascimento.

Eu sorri, sabendo que Leah era a razão por trás da vela solitária. — Você não só apaga a vela. Você apaga e faz um pedido.

— E o que você deseja, minha parceira?

Eu tive que pensar por um minuto. — Eu não sei. Tenho tudo o que eu sempre quis.

A mão de Gunnar se apertou em resposta quando Leah e seus três parceiros saíram de trás de uma porta que devia levar aos aposentos reais.

A princesinha estava com um vestido rosa fofo. Ela tinha fitas nos cabelos ruivos e as bochechas estavam rosadas para combinar com sua roupa. Seus grandes olhos azuis estavam vidrados, como se ela tivesse acabado de acordar de uma longa soneca. Ela se sentou nos braços da mãe e sorriu para cada novo rosto enquanto a rainha passava.

A pequena Princesa Allayna era absolutamente adorável. Não era de admirar que o povo de Viken se unisse por trás de sua reivindicação ao trono.

A mãozinha gordinha do bebê alcançou um de seus pais, eu ainda não conseguia diferenciá-los, e ele sorriu para ela, mas não a levantou dos braços da mãe.

Leah parecia pequena, cercada por seus homens. Mas ela praticamente brilhava de felicidade e eu sabia que cada um de seus parceiros morreria por ela, mataria por ela; estavam completa e irrevogavelmente comprometidos com ela.

Assim como os meus estavam comigo.

De alguma forma, passei de uma vida de merda na Terra para a vida mais incrível e gratificante que eu poderia ter sonhado.

Coloquei meus braços em volta do meu estômago enquanto observava Leah esperar um dos reis acender a pequena vela de aniversário. Os Vikens ao nosso redor começaram a versão de uma canção de aniversário e, quando acabou, Leah olhou para mim e assentiu enquanto começava a cantar a familiar canção de *Parabéns pra você*. Encantada por fazer parte da fusão de antigas tradições com novas, cantei junto com ela e aplaudi quando Leah se curvou e ajudou sua princesinha a soprar a vela solitária.

Os gritos começaram e a pequena Allayna bateu palmas e alcançou o pai. Ela não se importava com bolo ou presentes de aniversário. Eu duvidava que ela entendesse como usar os lápis e papel que peguei para ela começar como uma artista iniciante. Ela só queria ser amada. Abraçada. Protegida.

Mantida.

Eu queria pele macia e risadinhas de bebê. Queria ser mãe, muito mesmo. Queria assistir a um pequeno lutando e rastejando por todo Gunnar estoico, rindo das provocações de Rolf e puxando os cabelos longos de Erik, forçando-o a brincar.

Lágrimas se acumularam nos meus olhos enquanto eu observava a família feliz e minhas mãos caíam sobre o meu abdômen, onde esperava um dia criar uma pessoa especial e preciosa. Como Leah, não me importaria qual dos meus parceiros era o pai biológico, pois amava todos.

Gunnar notou a posição das minhas mãos, é claro, e suas grandes mudaram para envolver-me e cobrir as minhas, mantendo-as no lugar quando eu as teria largado ou afastado. Ele sempre notava tudo o que eu fazia, cada movimento que fazia, cada expressão. Às vezes, me perguntava se ele de alguma forma podia sentir meu coração batendo.

Seu hálito estava quente no meu ouvido quando ele se inclinou sobre mim. — Você quer um filho, Sophia?

Eu não podia mentir. Não havia razão para isso. — Sim.

As mãos de Gunnar se apertaram convulsivamente sobre as minhas e um leve tremor passou por ele, onde ele pressionou minhas costas. Eu me virei e passei meus braços em volta dele quando a celebração recomeçou. O bolo foi cortado, e dado para as pessoas reunidas. A julgar pelos sons encantados de surpresa ao redor da sala, Leah acabara de corromper um planeta inteiro.

Eu queria um pedaço daquele bolo. Verdade. Mas eu realmente queria saber onde diabos meus outros dois parceiros estavam.

Quando Gunnar tentou me levar de volta para a pista de dança, eu me afastei. — Não, Gunnar. Onde estão Rolf e Erik?

— Eles voltarão em breve.

— Isso você já disse, mas para onde eles foram? — Minha paciência estava se esgotando. Eu estava começando a sentir que eles estavam escondendo algo de mim, algo ruim.

O SSV fez uma nova ameaça? Um deles foi ferido?

Meu coração disparou e eu me soltei do aperto de Gunnar. Girando, dei três passos antes da mão de Gunnar envolver minha cintura, e a voz da rainha veio de algum tipo de sistema de alto-falante.

— Sophia Antonelli, da Terra. Por favor, avance e apresente-se à rainha de Viken.

Puta merda.

Congelei. Gunnar riu, então, eu o acertei no peito. — Você sabia disso? O que está acontecendo?

Ele levantou uma sobrancelha e me acompanhou em direção ao som da voz da rainha. Ela se mexeu em algum momento durante o corte do bolo e a dança e eu pude ver sua cabeça acima da multidão em algum tipo de palco.

Em pouco tempo, fiquei diante dela e não tinha ideia do que deveria fazer. Curvar-me? Reverenciar – seja lá que diabo é isso? Ajoelhar? Eu nunca fui formalmente apresentado à realeza antes.

Eu me conformei com um leve dobrar de joelhos e o que esperava que não parecesse ridículo, mas Leah apenas riu e fez um sinal para eu subir ao palco e ficar ao lado dela.

Quando eu estava na plataforma elevada, olhei para uma multidão de centenas de cidadãos Vikens, todos em silêncio, esperando pelas próximas palavras da rainha. Encontrei os olhos de Gunnar, e o calor e o orgulho que vi lá me ajudaram a relaxar o suficiente para entrar e sair ar nos pulmões. Eu não gostava de ser o centro de tanta atenção. Nunca.

Leah prendeu seu braço nos meu e continuou a falar: — Meus amigos, esta é Sophia Antonelli, parceira de Gunnar, Erik e Rolf, de Viken Unida. Ela veio até nós, como eu, como uma Noiva Interestelar da Terra.

Aplausos educados começaram, mas duraram apenas alguns segundos antes que o silêncio se acalmasse mais uma vez. Leah respirou fundo.

— Há pouco tempo, aqueles que desejam destruir a nova paz que desfrutamos em Viken tentaram a vida de minha filha.

Suspiros e indignação encheram a sala, gritos de raiva misturados com negações chocadas enquanto Leah continuava.

— Mas esta mulher, esta estranha, salvou a vida da Princesa Allayna. Ela salvou minha vida. E, então, corajosamente viajou à Cidade Central e ajudou nossos Guardas Reais a localizar o homem responsável pelo ataque.

Silêncio chocado com isso. Dei um encolher de ombros sem entusiasmo. — A rainha de um planeta chama e pede um favor, certo? O que íamos dizer?

Leah se afastou e olhou para mim com lágrimas nos olhos. — Na verdade, eu fiz uma troca.

— Troca?

Leah assentiu. — Sim. Todos eles queriam ser os primeiros a ter arte alienígena autêntica em seus museus. O Smithsonian e o Louvre me fizeram as melhores ofertas.

— Não sei o que dizer. — Obrigada parecia grosseiramente inadequado.

— Você salvou Allayna. Nunca poderia te retribuir. Não há arte suficiente no universo para recompensar você.

Limpei as lágrimas escorrendo pelas minhas próprias bochechas. — Eu não fiz nada. Acabei sendo enviada para o lugar errado na hora certa.

Leah balançou a cabeça. — Não. Você lutou. Você tomou o nosso lugar, disposta ou não. Ajudou a rastrear um traidor. Foi corajosa, selvagem e resistente, tudo o que eu esperava de um nova-iorquina.

Sorri e a abracei mais uma vez, pronta para inspecionar o tesouro atrás de mim quando um dos reis trouxe a pequena Allayna para frente. Quando Leah recuou, eu esperava que o rei entregasse sua preciosa princesa à mãe dela. Em vez disso, ele colocou o querubim adorável em meus braços.

Os convidados da festa rugiram em aprovação quando meus parceiros se aproximaram, me cercando com seu amor.

Leah chorou como apenas uma garota da cidade selvagem podia por alguns segundos, antes de virar para mim com um brilho nos olhos que eu não havia notado antes. Ela alcançou a filha e Allayna estendeu os braços, ansiosa por estar com sua pessoa favorita no mundo.

Senti falta do corpo pequeno dela imediatamente, mas o sorriso de Leah me parou.

— O quê?
— Ser rainha tem vantagens.
— Mesmo? — Levantei minha sobrancelha. — Leah?

Os olhos de Leah se encheram de alegria quando ela olhou para a filha, depois, para mim, deliberadamente baixando o olhar para o meu estômago, mantendo-o ali por três segundos antes de me olhar nos olhos.

Minhas mãos voaram para o meu abdômen e tentei não ter esperança. — Leah, que vantagens?

— Sei tudo o que acontece neste lugar. E sei que você foi ao médico depois de sua aventura na Cidade Central.

— E?

— A medicina Viken é muito mais avançada que a nossa.

— E? — Eu estava pronta para atacá-la se ela não começasse a falar.

— Gêmeos. — Seu sorriso era radiante quando ela

olhou para cada um dos meus parceiros, por sua vez. — E eles nascerão bem a tempo de fazer companhia à irmãzinha de Allayna. Talvez tenham chá de bebê. Inferno, festas de arte. E podemos nos divertir muito vestindo-os. Fitas e vestidos e vou pedir aos meus homens que importem alguns filmes da *Disney*. Você sabe, como *Cinderela, A Bela e a Fera*.

— *Frozen e Rapunzel*. — Eu tinha que fazer meus pedidos agora. — E você disse: 'você está grávida'?

— Sim! Nós duas estamos! — Leah gritou. — Oh, meu Deus, Sophia! Mal posso esperar. Vai ser muito mais divertido com você aqui.

— Gêmeos? — Erik se materializou ao meu lado e olhou por cima do ombro para a rainha.

— Foi o que o médico me disse — Disse Leah.

Erik gritou e me girou em um círculo, me girando até eu ficar tonta e o longo rabo de cavalo balançando atrás do pescoço como uma corda, batendo no rosto sorridente de Rolf na bochecha.

Rolf o deteve e no momento em que meus pés atingiram o chão, Rolf, meu guerreiro de ouro, me beijou como se eu fosse uma porcelana delicada.

E Gunnar, meu grande, forte e mandão bruto enxugou lágrimas de seus olhos escuros quando todos os meus três homens me cercaram.

Eu tive sorte. Tão sortuda. E amada, mais do que eu jamais poderia imaginar.

E estava vestindo laranja.

Vai entender...

LIVROS POR GRACE GOODWIN

Programa Interestelar de Noivas

Dominada pelos Alfas

Alfa Escolhido

Unida aos Guerreiros

Reivindicada Pelos Alfas

Levada pelos seus parceiros

Unida com a Fera

Fera Domada

O Trio Viken

ALSO BY GRACE GOODWIN

Starfighter Training Academy

The First Starfighter

Starfighter Command

Elite Starfighter

Interstellar Brides® Program: The Beasts

Bachelor Beast

Maid for the Beast

Beauty and the Beast

The Beasts Boxed Set

Interstellar Brides® Program

Assigned a Mate

Mated to the Warriors

Claimed by Her Mates

Taken by Her Mates

Mated to the Beast

Mastered by Her Mates

Tamed by the Beast

Mated to the Vikens

Her Mate's Secret Baby

Mating Fever

Her Viken Mates

Fighting For Their Mate

Her Rogue Mates

Claimed By The Vikens

The Commanders' Mate

Matched and Mated

Hunted

Viken Command

The Rebel and the Rogue

Rebel Mate

Surprise Mates

Interstellar Brides® Program Boxed Set - Books 6-8

Interstellar Brides® Program: The Colony

Surrender to the Cyborgs

Mated to the Cyborgs

Cyborg Seduction

Her Cyborg Beast

Cyborg Fever

Rogue Cyborg

Cyborg's Secret Baby

Her Cyborg Warriors

The Colony Boxed Set 1

The Colony Boxed Set 2

Interstellar Brides® Program: The Virgins

The Alien's Mate

His Virgin Mate

Claiming His Virgin

His Virgin Bride

His Virgin Princess

The Virgins - Complete Boxed Set

Interstellar Brides® Program: Ascension Saga

Ascension Saga, book 1

Ascension Saga, book 2

Ascension Saga, book 3

Trinity: Ascension Saga - Volume 1

Ascension Saga, book 4

Ascension Saga, book 5

Ascension Saga, book 6

Faith: Ascension Saga - Volume 2

Ascension Saga, book 7

Ascension Saga, book 8

Ascension Saga, book 9

Destiny: Ascension Saga - Volume 3

Other Books

Their Conquered Bride

Wild Wolf Claiming: A Howl's Romance

JUNTE-SE À BRIGADA DE FICÇÃO CIENTÍFICA

Está interessado em se juntar ao time Não-tão-Secreto-Sci-Fi (not-so-secret Sci-Fi Squad)? Receba trechos de livros, divulgações de capas e notícias antes de qualquer outra pessoa. Faça parte do grupo fechado do Facebook, no qual são partilhadas imagens e notícias divertidas.

JUNTE-SE aqui: http://bit.ly/SciFiSquad

Todos os livros de Grace podem ser lidos como romances independentes, portanto, não tenha medo de mergulhar numa das suas aventuras sensuais. Os seus finais felizes estão sempre livres de traições porque ela escreve sobre machos Alfa e não sobre idiotas Alfa. (Isto vocês conseguem perceber). Mas tenham cuidado... Porque ela gosta de heróis sedutores e gosta ainda mais de cenas de amor. Foram avisados...

CONTACTE A GRACE GOODWIN

Boletim Português:
http://ksapublishers.com/s/11i

Página Web:
https://gracegoodwin.com

Facebook:
https://www.facebook.com/gracegoodwinauthor/

Twitter:
https://twitter.com/luvgracegoodwin

Instagram:
https://instagram.com/grace_goodwin_author

Não perca nada! Inscreva-se em
http://ksapublishers.com/s/11i
para estar na lista VIP de leitores da Grace.

SOBRE A AUTORA

Grace Goodwin é uma autora internacional de bestsellers de romance de Ficção Científica e Paranormal. Acredita que todas as mulheres devem ser tratadas como princesas, dentro e fora de quatro paredes, e escreve romances nos quais os homens sabem como fazer a mulher sentir-se mimada, protegida e muito bem tratada. Detesta neve, adora montanhas (sim, o problema é mesmo esse) e gostaria de poder simplesmente fazer o download de todas as histórias que estão na sua cabeça ao invés de ser obrigada a escrevê-las. A autora vive no lado oeste dos Estados Unidos e é escritora em tempo integral, uma leitora ávida de romances e assumidamente viciada em café.

Boletim Português:
http://ksapublishers.com/s/11i

Newsletter:
http://bit.ly/GraceGoodwin

Página Web:
https://gracegoodwin.com

www.ingramcontent.com/pod-product-compliance
Lightning Source LLC
LaVergne TN
LVHW011821060526
838200LV00053B/3864